千只鹤

[日]川端康成 著

郑民钦 译

中国出版集团 现代出版社

目录

波千鸟

写在前面的话

今年是川端康成先生逝世五十周年。他是日本的文豪，在日本文坛的地位极高，由于他荣膺诺贝尔文学奖，使得日本文学跻身国际文坛，成为世界性的文学。日本人盛赞他的这个功绩。

泰戈尔凭借《吉檀迦利》于1913年获得诺贝尔文学奖，时隔五十五年之久，诺贝尔文学奖评委将目光转向东方世界，而川端康成的确是当时亚洲出色的作家之一，获得诸多国内外的文学奖项，他凭借《雪国》《古都》《千只鹤》三部代表作，于1968年荣获了当年的诺贝尔文学奖（萨缪尔·约瑟夫·阿格农于1966年获诺贝尔文学奖，虽然以色列属于亚洲国家，但完全是西方生活模式，西方人未必视其为东方国家）。诺贝尔文学奖的授奖词说他“以具有优异感受性的手法表现日本人心灵的精髓”。1961年，日本政府授予他文化勋章，其理由是表彰他“以独自的样式和浓厚的感情，描写日本美的象征，完成了前人未臻的创造”。这说明日本官方对川端康成审美观的评价是“完美地创建了日本传统的美学体系”，日本国内的评论家都对这一评价深表赞同，我国有学者将这个“日本美”扩展为“传统东方美”，将其涵盖整个东方世界。

有人说川端康成是一个难懂的作家，主要是强调对他“新感觉派”的语境、情韵、意境的理解颇有费解之处。其实，美的朦胧、美的飘忽、美的隐晦，美的惊艳与美的悲哀、美的崇拜与美的毁灭、美的憧憬与美的死亡，在文学作品中随处可见。他笔下的世俗社会、人生百态、悲欢离合，通过一个个性格迥异的鲜活人物淋漓尽致地展现出来，为他构筑的文学殿堂里描绘一幅纷繁的世态风俗画，涂抹上缤纷的色彩，在虚幻中隐隐透出现实世界的喜悦与哀愁。这就是他所营造的日本风情，也正是他刻意追求的美学理念。他的美学理念归根结底是“日本式”的，日本评论家也一直强调这种“日本的传统美”，而同样获得诺贝尔文学奖的大江健三郎在日本的追崇、评价就与他大相径庭。

作为唯美派作家，川端康成在日本文坛上具有承前启后的作用，是现代派作家的先驱者之一。“新感觉派”已经成为他的标签，1924 年，他与横光利一等创办的《文艺时代》这一文学刊物，本身就是对当时流行的“私小说”“心境小说”等旧文学的对抗，试图在创作手法上突破传统藩篱，借鉴西方现代派手法，推动现代文艺运动的发展，革新文学审美观念。他们寻找到的便是“新感觉”的手法。

作为一种文学流派，“新感觉派”是文艺评论家千叶龟雄于1924年在《新感觉派的诞生》一文中命名的，虽然川端觉得“以睿智聪颖的理解力观察新一代作家的特性本质，对‘感觉’进行了周密细致的解释”，但“我为各位作家朋友着想，并不乐意接受这个名称”，不过最后他还是接受了这个称呼。

无疑，所有的作品都要描写“感觉”，这里所谓“新”，“新”在何处？川端对“新感觉”有一段明确的阐释：“不言而喻，由于新一代作家注重感觉，使他们的生活和作品充满新鲜感。这种新鲜感通过对人生的感触及其表达、素材处理等各种形式表现出来。而运用旧感觉写的作品却给予我们迟钝、混浊、沉重、不快的感觉。我们的肌肤不想接触那些缺少新‘诗意’的旧作品。然而新一代作家中有的创作具有新感觉的作品，有的运用新感觉创作作品。通过新感觉的眼睛，使人生进入新的‘诗意’。”（以上均见《文坛的文学论》）

“新感觉派”就是运用暗示、隐喻、意象、象征等手法表现人在瞬间的感觉，这在当时写实主义这种“旧”手法占据主流的文坛是一种危险的挑战。这需要更丰富的语言表现技巧、更细腻的心灵感触、更灵动的捕捉方法，才能营造出新颖独特的氛围、情趣、意境，揭示人物的内心世界。但是，“新感觉”只是一种创作手法，在其机制建构上没有进行系统性的理论探索，因此它不是文艺理论，尽管脱胎于表现主义和达达主义的“艺术革命”母体。“新感觉派”作为一个文学流派承担着文坛的一翼，与无产阶级文学派创刊的《文艺战线》，形成昭和文学运动的两大潮流，对当时的文坛产生了巨大的影响。

通过川端的作品，我们可以感受到“新感觉主义”这种感觉方式的独特魅力，当作者透过强烈主观色彩的眼睛审视世间万物时，外在事物就损失、扭曲了真实性、客观性、原色性，超越现实表象，臻于物我一体的境界，这种融入感正是“新感觉派”所期待的那种模糊、暧昧、叠影、虚幻的半是抽象的镜像，试图以此达到震撼读者心灵的效果。

川端康成的目光几乎不关注男性，作品的主人公始终都是女性，爱情是其永恒的主题，因为女性和爱情是川端创作的源泉，悲哀与死亡是川端文学主题的归宿，而且他更喜欢传统的日本女性，这大概是出于唯美的需要吧。代表作《雪国》《伊豆的舞女》《古都》《千只鹤》《东京人》等无一不是描写女性的喜怒哀乐，刻画她们的情感经历和心路历程，以“新感觉派”的手法从中发现、挖掘日本传统之美，展现出一种文学美的极致境界。其背景大抵受到 19 世纪女性主义运动的影响。但是，川端作品中的女性对以男性为中心的社会制度并没有表现出强烈的反抗精神，尽管她们深怀不满，乃至怨恨。就是说，她们绝非女权主义者，也许有些许女性自我意识，但并没有为改变自己的命运而进行抗争，她们所表现的喜怒哀乐不过是女性主义思潮的涟漪浪花，这也正是川端的“日本文学传统日本美”的阴柔质地。唯有女性的存在才使得他认识到自我存在的意义，才能笔底生花，然而，与其说他写女性，不如说他是女性的赞美者，运用冷彻的目光透视女人，同时与作品中的女性人物进行全方位的精神交流。

《雪国》开篇第一句“穿越过国界的长长隧道，便是雪国的世界。夜色下，大地变得白茫茫一片。火车在线路所前停了下来”。这一句历来被评论家和读者视为“新感觉派”的经典手法，原文是:“国境の長いトンネルを抜けると雪国であった。夜の底が白くなった。信号所に汽車が止まった。”原文三句话，语言平淡，平铺直叙，“雪国であった”，没有说“进入”雪国，而是使用功能性的判断助词，表示一种肯定存在的形态；“であった”表示在眼睛里已经形成雪国的存在而且依然存续的状态。夜的“底色”是一种隐喻，“夜的底”既指“夜色”，也指“暗夜中的大地”，在隧道这一头时，大地还是一片黑色，当穿过长长隧道后，大地变成“白茫茫一片”。这里的描写完全是主人公的视觉感受，既是客观的，也是主观的色彩在眼底发生的变化。眼底“黑色”的残像与眼前“白色”的实像叠合在一起，造成一种难以言喻的色彩感觉和心灵冲击。

第一章还有岛村通过车窗玻璃的反射窥视坐在斜对面的女孩叶子的场景，镜子具有写实与扭曲的功能，具有虚假与幻境的效应，是文学作品常用的道具，而作者以车窗玻璃作为镜子，这面镜子却是活动的，随着外部景色以及光线明暗的变化产生室内镜子的镜面所没有的“魔幻”的特殊效果。黄昏暮色，山间灯火，光线流动，在少女美丽的容颜上流淌，时而短暂凝固，时而瞬间消失，光怪陆离又娇艳绚丽，再结合刚才所听到的她“清脆悦耳，美得令人伤感，银铃般的嗓音”，一个青春洋溢、温柔体贴的乡间少女的形象跃然纸上。作者在文章中就这样描述：“镜子的底层流淌着黄昏的景色，就是说，被映照的实像与镜子的虚像如同电影的重叠摄影那样叠加流动。出场人物与背景毫无关联。而出场人物具有透明的虚幻性，风景具有暮色朦胧的流动性，二者浑然相融，描绘出一个世间没有的象征世界。尤其是山野的灯光映照在姑娘的脸上时，那是一种难以言喻的美，让岛村心灵震撼。”然而，这个车窗玻璃镜中美丽姑娘的形象介于真假之间，其假象背后也许隐含着悲剧的要素，如水中月、镜中花一样“徒劳无益”。连同女主人公驹子，虽然具有渴望坚强生活的生命力，却也“不过是美丽的徒劳”。所以，当叶子以犀利尖锐的目光洞察岛村与驹子的关系时，反衬出了她内心深处的虚无感和幻灭感。但是，在描写驹子照镜子的场景时，却是真真切切的室内镜，将红扑扑的脸颊与外面纯洁的白雪加以比较，相对于叶子充满抽象性的空幻之美，驹子则是具有官能性、充满活力的实实在在的堕入风尘的艺伎，她的美通过对真爱的憧憬、渴望揭示出人性纯洁的一面。驹子和叶子构成“实”与“虚”、“生”与“死”两个互相映衬的人物形象，提升了整篇作品的悲凉情韵，体现出“新感觉派”的基调。

《雪国》的终章描写银河，“仰望天空，感觉银河还会垂落下来拥抱大地”，并且引用松尾芭蕉的俳句，联想到流放佐渡岛的囚徒，感叹天涯孤客羁旅思乡的情怀，而主人公岛村“仿佛自己的身体悠悠然飘浮起来，进入银河里面”，“赤裸裸的银河好像即将垂落下来，将黑夜中的大地裹卷而去。这是何等极致的妖艳”。这是岛村脑中的幻影、心中的幻觉，在漆黑的暗夜中，天、地、人“裹卷”在一起，这似乎更多是对叶子之死的悲怆感觉，也凸显岛村对自己生存模式之迷梦不过是一场破灭的“徒劳”，原本就是虚无缥缈的心造魔影。问题在于，明知“徒劳”，却还要竭尽全力地投入这不可实现的无谓的爱情里，无论是在东京家有妻室的岛村对驹子的迷恋，还是驹子本身所憧憬的爱，都是一场虚无的梦，叶子对行男的照料，都不过是“美的徒劳”。川端的“新感觉”所希求的正是这种渺茫虚空的审美的隐晦性。

“新感觉派”强调的是作者的主观性，感觉就是一种顿悟，就是以自我精神主观地认识外在，观照世界，这样，外在事物就注入观者的个性，不再是原封不动的摄影，而渗透着人为的因素，呈现出各式各样的形态。作者们善于捕捉这样的感觉，甚至极限扩张感觉的脉络，攫取心目中的艺术生命。

“新感觉派”标榜以追求“传统日本美”为己任，这种美主要通过女性来体现，无论经过多么华彩的人生，但最终还是走向没落和死亡，应该说是川端对美最透彻的阐述。《雪国》《伊豆的舞女》《千只鹤》《古都》《睡美人》等都摆脱不掉这种宿命。

《伊豆的舞女》所描写的只是情窦初开的纯真感觉，没有表白，没有冲动，只是萦绕心间的好感、惦念、牵挂，最终留下一抹含蓄的感伤。主人公“我”有作者的影子，“我已经二十岁，一直严肃地自我反省由于孤儿根性所造成的性格扭曲，无法忍受令人窒息的忧郁，所以才到伊豆旅行”。而旅次与舞女民间艺人的邂逅让他感受到人情的温馨、爱意的温暖，在甘美的欣喜中咀嚼淡淡的哀愁，品尝短暂的朦胧的初恋的况味。然而，这懵懵懂懂的初恋无疾而终，归于没落，原本是为了缓解忧郁心情的旅行却越发落寞惆怅，郁结于心。

《古都》的情调总体上比较开朗健康，塑造的双胞胎姐妹都给人清新明丽的印象，但她们的心灵深处潜藏着家庭离散、身世辛酸的暗影，作者用清淡的笔触细腻地刻画了这两个少女内心对悲欢离合的人生际遇的哀愁苦恼。《古都》的舞台选择在京都，执笔之前，他说想探访日本的故乡，而京都这座古都正是作者的故乡，也是所有日本人的精神故乡，也许作者怀有心灵归属感的意图，他有着孤独凄楚的童年生活，饱受过人间冷暖和世俗偏见带来的伤害。这部作品可以说是作者寻求“日本的乡愁”之作，他从“乡愁”中寻觅“日本美”，最终发现的是满含哀愁孤寂的传统，并与古都的命运融合在一起，回归平安文学的审美情趣，并视之为民族之美。

《古都》花费大量篇幅描写京都的自然景色、风土人情、节庆祭典，最大限度地赞美古都的悠久历史和传统文化，极力表现充满生命朝气的两个少女的精神家园，对城乡的鸿沟、身份的差别、姐妹的爱情、性格的迷惘进行细致微妙的处理，但是，作者很少运用“新感觉”的隐喻、暧昧的表现手法，多是平实的叙述，平淡无华的表达把少女的感情变化、欢快愉悦、迷茫落寞、哀伤悲叹淋漓尽致地展现给读者，令人对她们的无言结局不禁掩卷惋惜。川端所追求的正是这种哀怨之美、不完整的美、幻灭之美，这也是平安朝文学风雅、虚无、幽玄、没落之美的遗风，川端将其升华为自我的审美情趣。

《千只鹤》的主人公是一位名叫菊治的男青年，但我觉得围绕在他身边的几位女性也可视为主人公。一个男人与身边的四个女人之间演绎的错综复杂的关系，剪不断理还乱的纠葛，自私又无奈的爱欲沉沦，超脱伦理的情欲，道德与罪孽的徘徊，嫉妒、愤怒、仇怨的交织爆发，在茶道这个高雅文静的面纱掩盖下的人的原始欲望的游戏，在一定程度上是对风雅之道所掩藏的媚俗低劣人品的辛辣嘲讽，那些雅致美观、历史悠久的茶具每一件都承载着丑恶的情欲往事，袒露出人生本能的百态，虽然经过反思后各人以不同的方式解脱自我，但终究没有得到精神的升华。

“总觉得自己被包裹在丑陋的黑幕之中”的菊治与父亲的情人太田夫人发生了关系，为了解脱这种背德的“罪恶”意识，渴望通过与文子的交往净化自我，但最终这种本愿完全破灭。如果说菊治“坠入咒语束缚和麻醉的底端”，文子就不应该迷恋菊治，然而她无法抗拒自己的心魔，爱上不该爱的人，在母亲太田夫人自杀以后，她已经开始发疯，因为只有这两个人是她世间的所爱。为了赎罪，她只好远离菊治，希望他与雪子结婚，让自己从菊治的生活中消失。她虽然理解母亲纯真的心灵，但拒绝死亡，“不论受到多大的误解，死本身绝不会为她洗白。死是对一切理解的拒绝。谁也不能原谅这一点”，“母亲之死就变成一种黑暗，就成为一个污点，留给后人的反省和懊悔都会成为死者的沉重负担”。唯有她理解“母亲是美丽的”，但“会在这样的幻梦中失去自己”。她摔碎沾染着母亲口红的志野陶茶碗的举动正是对罪孽与错误的决裂，是对菊治的救赎行为，也是对自己爱的破灭的宣告，是对后来负罪遁逃的自我牺牲的预示，是一种“自我了断的缘由”。川端的审美终究无法逃脱死亡的魔咒。

《千只鹤》还有未完成的续篇《波千鸟》，现在收入《波千鸟》的是1953年在《小说新潮》上连载的六回，但其实在1954年的三月号和七月号上还分别刊载有《春天的眼睛》《妻子的回忆》的初稿，大意是说文子就业，开始自己的新生活，而菊治踏上寻找文子的旅程，历经千辛万苦，两人重逢。至于重逢以后的故事发展，据随同川端康成去大分山中采访的同行人回忆："川端先生曾对我说，他想让文子在矿山的小卖店干活的时候，菊治前来找到她，两人重逢结合"（见《川端康成〈波千鸟〉未完结的秘话》，刊于1978年8月28日《朝日新闻》晚刊）。另外，1969年，川端与武田胜彦对谈时，曾说过"考虑过让他们二人在山中殉情"（见《采访川端康成先生》，1970年二月号《国文学》）。因为雪子对菊治的爱情无法把他从自己造成文子不幸的罪恶感中拯救出来，而他抛妻出走、寻找文子的行为同样也造成雪子的不幸，他只能忍受这种负罪的循环往复、心灵的苛责，别无选择地走上殉情这条不归路，一了百了。由于非常详尽地记录采访内容的笔记本遗失（六年之后的1978年，川端夫人表示，其实笔记本并非遗失，而是在作为工作室租借的东京某家旅馆里，就在川端写作时离开的极短暂的时间里被人偷盗。当初为了不给这家旅馆造成麻烦，才说笔记本遗失），作者只好放弃了，没有把这两篇收进去。但也有人认为，川端深陷孤独的悲哀和绝望，无法执笔续作。

《东京人》是一部战后初期东京中产阶级的生活画卷，可以折射出当时的社会状态。这是川端唯一的长篇小说，创作于1954年。这是一家五口人平平淡淡的日常生活，做珠宝中介商的主人公敬子与经营小出版社的俊三同居，抚养三个孩子，大女儿朝子和儿子清是敬子与死于战场的丈夫的孩子，二女儿弓子是俊三带过来的孩子。日本战后初期，这种形式的重组家庭相当普遍，是战争的后遗症，尽管有一些人暴富，但大多数人的生活并不宽裕，人们为了生存而拼命工作。敬子尽管不属于上流阶层，但已经很体面地出入于社会。

追求富裕幸福的生活是每个人的权利，敬子也不例外，她希望拥有温馨的家庭、甜蜜的爱情、美丽的容颜、健康的身体、年轻的心态、茁壮成长的儿女——总之，一个殷实、和睦、融洽、温暖的家庭。然而，在现实面前，她的梦想接连破灭。俊三经营不善，公司破产，而且不辞而别了，敬子以为他已经死去，还为他举办了葬礼。敬子为了生计，不得不变卖家产。接着敬子与医生昭男坠入情网，但未能结合。而清爱上了弓子，遭拒后，离家出走。昭男又爱上弓子。朝子与小山婚后家庭不和，经历家暴、离婚、堕胎，但她决心生下第二次怀孕的孩子。清发现俊三没有死，便回归家庭，与弓子一起寻父。故事没有撕心裂肺的矛盾冲突，没有寻死觅活的情感纠葛，只是淡淡地、缓缓地展开，云淡风轻，娓娓道来，情节却引人入胜。这些看似平淡琐碎的事情，在每个社会、每个阶层都会存在，川端从这些凡人凡事中挖掘出悲欢离合的人间冷暖，讲述战后初期生存的艰辛，揭示人心的孤独和寂寞，品尝生活的苦涩，体味直面残酷现实时的无奈和伤感。与川端的其他代表作中的“死亡美学”相比,《东京人》没有为人物的命运罩上死亡的阴影，生活的艰难并没有压倒敬子，反而激发起她在凋敝的社会环境中克服困难、勇敢创业、追求美好生活的勇气和意志，她拒绝命运的摆弄，敢爱敢拼，迎难而上，虽然深受道德的谴责，忍受感情的煎熬，却对自己爱的欲求诚实，活出自己的精彩，充满生命力，尽管感情生活遭遇不幸和挫折，依然是一位善良、温柔、坚强、有韧劲的女人。她应该是战后初期中年女性的缩影，无数人背负着战争的阴影，渴望爱情和幸福，在生活刚刚开始复苏、战争创伤尚未愈合、依旧贫瘠的土地上艰难前行。

当然，川端的无常观还是在小说的底层涌流，人生不可测，命运不可捉摸。俊三与以前的女秘书美根子开始新的生活，昭男与敬子天各一方，弓子投入清的怀抱，叛逆的朝子坚持走自己的人生道路，出乎意料的各种结局甚至让自己惊悚、束手无策，不得不正视、不得不接受，这种被迫的无奈可谓心灵的悲哀，但必须承受感情的痛苦折磨，感叹多舛命运的虚幻。

川端细腻的手法也是一个很好的看点，细致入微地刻画人物的心理状态，捕捉喜怒哀乐的各种细微的表现，再现女人的微妙情感变化，一言一行，一颦一笑，一句似乎无心的话，一抹不易察觉的浅笑，一个看似颇不起眼的动作，把此时此景的情感烘托出来，变幻莫测，入木三分，雕琢出各人不同的性格，有血有肉，使得整部小说充满东京社会的烟火气，川端很懂得女人，能吃透女人的心理变化，这大概就是他的小说主人公基本都是女性的缘故吧。

这是一枝“恼人的秋天里的蔷薇”，绽放之后归于平静，但依然可以从宁静中品味恼人的浪漫。

受到先锋派文学刺激的川端康成在《文艺时代》发表诸多“掌小说”，大抵三千字以下的小小说一百四十六篇。“掌小说”是中河与一命名的，川端十分认可，认为“这个名称恰当顺口。它表明并非长篇小说的一部分，也不是小品文，而是极其短小的小说。此外没有任何条件”。对于“掌小说”的本质，川端康成与武藤直治发表在《文艺思潮》上的《昆特形式小论》的观点“不谋而合”，即“日本人喜爱简洁明了的、具有客观态度的主知或者理智型的形式主义的散文般文艺。这一点和拉丁民族相同。日本人独特的传统性幽默、讽刺、直率的现实批判，大概就是适应新的昆特（法语，意为短篇小说、小故事）形式和内容的根本因素吧”。（以上见 1926 年发表的《掌小说的流行》。）

这些掌小说涉及爱情、友谊、青春、生活、家庭、社会等内容，取材广泛，喜欢表现不拘泥于传统道德的自由精神，隐含着作者期望从早先的失恋以及孤儿根性中挣脱出来走向新世界的愿望，为他后来的创作奠定了语言和表现手法的基础，萌生新的审美取向，开始显露出川端文学的特质。尤其对情绪波动大起大落的描写，心理感受寂寥悲伤的刻画，直觉感悟细致入微的把握，象征手法运用得娴熟自如，已经达到得心应手的程度。他将掌小说与俳句相比较，认为其有诗歌特质，篇幅虽小，容量很大，因其小，潜藏着丰富的含义，留有进行千姿百态解析的余白，所以具有艺术的纯粹性，可以极大地震撼读者的心灵。这种“纯粹”等同于诗歌的“纯情”，因为他坚持心像即表现的艺术这个理念，诗歌的直观性始终贯穿于他的创作过程中，就是“纯粹”的感觉。这种“感觉”具有极强的主观性。主观性是他认识世界的立足点，诗的主观性是映照万物的镜子；而语言与音乐、美术一样，是表达感觉的媒介。

例如《雨伞》，焦点就是一把伞，通过照相，勾画出少男少女恋情在不知不觉间萌动的微妙变化，“雨伞，普普通通的雨伞，伴随着他们……”这种表现手法就是诗歌的直观性，瞬间的闪光化为永恒的瞬间，不再是现实的时间，没有涉及过去和未来，只有当下，当下的“雨伞”伴随他们从过去走向未来。这是直观地把握生命的流淌，将长长的时间纵轴凝缩在渺小的具象上。

再如《秋雨》，作者一开头就写“红叶如火，满山红叶，犹如降落一团团火焰，这样的幻影浮现在我的眼睛深处”，秋雨、山岭、涧谷、岩壁、天空、蔚蓝、暮色、白色石头、红叶、湛蓝色的流水、倒影、火焰、火团……一系列的景象给读者目不暇接的感觉，而这些都是“开往京都的特快列车上在夜间即将打盹时所看到的幻影”。这是川端最擅长的手法，在虚实、明暗、高低、大小、动静之间铺开一幅巍峨雄浑、云谲波诡、变幻无常、捉摸不定的怪异画面。“一团团火焰”，无疑是作者的幻象，却是如此美丽壮观，又是如此迷离诡秘，红色的火影寂静无声，明灭闪亮，浮现在眼睛深处，降落在心灵深处，印证着大自然的生机勃发，奥秘深邃。接着，作者一下子把笔触拉回到现实生活中来，回忆起十五六年前在医院见到的两个女病人，一个是“植入人造胆囊管”即将死去的婴儿，另一个是坚持不动手术回家去的“五岁左右的女孩子”。这里，是生与死的分水岭，一个是母亲面对女儿死去的平静，另一个是小姑娘渴望活下去的意愿；一个是听天由命的无奈无助，另一个是与命运抗争的倔强坚毅。接下来，又是“一团团火焰降落在层林尽染山头的幻影，那是静谧安静，而敲窗流淌的露珠般无数雨滴的音乐，则化为火团降落的幻影”，但作者看见越来越大的雨水、斜斜流淌的雨滴形状、雨点的动和静、水滴描绘的线条，仿佛听见“音乐的奏鸣声”，这一切都为下面已经长大成人的当年那个小女孩的出场进行铺垫，看似虚弱的生命原来具有如此坚忍顽强的力量，羸弱女童的心间竟然潜藏着如此坚强的毅力。

这篇短文用很大的篇幅两次细腻描写幻影，第一次与回忆，第二次与期待的现实联系在一起，虚与实之间的乖离、结合都寓意着生与死的逻辑哲理。从这篇小文依然可以感受到川端对死的平静心态，生命之火的绽放终归熄灭，犹如“火团降落的幻影”，这个“幻影”依然美艳明亮，闪烁跳跃，消失在“湛蓝色的溪流上”，迸发出最后瞬间耀眼的光芒，这大概也是川端本人的写照吧。

川端康成文学的审美观归根结底在于平安朝的美学思想，他在《我在美丽的日本》《美的存在与发现》《日本文学之美》等文章中曾有过较为系统的论述：“大约一千多年前，日本吸收唐朝文化，经过日本独特方式的消化以后，诞生了绚丽的平安朝文化，创造出日本的审美理念。……于是，诞生了日本古典文学的最高名著，如和歌的第一部敕撰和歌集《古今和歌集》、小说的《伊势物语》、紫式部的《源氏物语》、清少纳言的《枕草子》等，创造出日本美的传统，影响了——不如说支配了——此后的八百多年间的后代文学。”（见《我在美丽的日本》）从平安时代中期开始，“哀”成为审美的一个重要内容，“哀”与“物哀”的含义可以说是平安文学美的核心，“物哀”被视为高雅的美。这种具有浓厚无常色彩的“谛念的哀”成为平安朝末期直至整个中世的“哀”的形式，同时也与其他美的要素结合成幽玄、幽艳、妖艳、闲寂等复合美。本居宣长坚持认为“物哀”才是日本民族文学传统美的本质，是文学审美观的核心。川端康成的《雪国》奠定了他的幽玄哀婉、妖冶浓艳的风格，集中体现了他的以《源氏物语》为中心的贵族美学理念。

美的没落的最终形态是生命的终结，同时也存在精神生命的陨落，川端康成直面死亡这种宿命，视之为美的归宿。他作品中人物的死亡是梦幻的凝固，花的绽放与落败、美的永恒与凋零的并存，恐怕也是他精神修炼之旅的终点。所以他的作品具有浓厚的无常观。平安时期的文学，通过人的肉体的生成与毁灭、灵魂的净化和升华追求佛教所说的净土世界。当时的佛教大多信仰净土宗，认为俗世是“秽土”，人事无常，追求净土，厌世成为一种社会思潮，在文学作品中，《源氏物语》《紫式部日记》《古今和歌集》《和汉朗咏集》《拾遗记》等都有直接涉及“无常”的表现。其中《源氏物语》中的“无常”最为典型，在某种意义上和“物哀”相通，成为表现女性高雅修养的具体内容。理解“无常”，深谙其道，从容对待，就显得风雅。当然，源氏所谓的“无常”，其本质是哀叹生命短暂，白驹过隙，希望在有生之年与自己心爱的女人亲密相处，死后也一莲托生。应该说，这才是《源氏物语》对“无常”的真正认识，也是平安时代一般人的“无常”意识。

生命之死是美的毁灭，毁灭是对迷恋生命的拒绝，是对死的平静接受，川端康成的作品擅于将丑化为美，他终结自己生命的时候，也许认为毁灭本身也是一种美，是通往达观境界的寂静之美。他以自身的殉情为“无常”的审美意识画上句号。他直视残忍的眼睛直至最后都没有放过任何的丑，而自己临终之眼捕捉到的哪怕一丝清新之美，都是对一生面对丑陋的复仇，这是他心底的一种强韧力量。

他的《古都》是踏上寻找乡愁的旅途，而“乡愁”又会归结到日本传统文学美的发现。对于川端来说，文学创作就是人生的旅行。三岛由纪夫认为川端是一个永恒的行旅者，旅行是人生的象征，随时与死为伴，旅途的终点便是死亡。死之虚无才是他与生相交的媒介，这是一面照见自己灵魂的镜子，他从中发现了自己的孤儿根性。他是走到尽头了，他又没有到达终点，他还在继续所谓的“死后之旅”。因为他知道，“无言之死，便是无限之生”。芥川龙之介在《给一个旧友的手记》中说：“所谓大自然之美，因为我临终之眼里映现出来之缘故。”川端康成在《临终之眼》中回忆芥川的这句话，他说“一个人无论怎样厌世，自杀不是开悟的办法”，并不赞同自我了结生命这种行为，正如他在《花未眠》中所说的那样：“自然之美是无限的。……凌晨四点的海棠花，它的盛开着实可贵。我有时会自言自语道：如果是一朵艳丽的鲜花，那就尽情绽放吧！”然而，他还是选择了自我毁灭的美学，映照在临终之眼里的也许是空漠冷寂、幽艳颓靡之美吧。

这套书没有收入《睡美人》这篇重要作品，《睡美人》是《湖》与《一只胳膊》承前启后的作品，讲述老人与性的问题，其世界观、审美取向一脉相承。因为该文基本失去了人类对爱情、对情爱的理性思考，突破道德的约束，只剩下赤裸裸的色情和露骨变态的性欲，他的审美在这篇魔性的作品中趋向泯灭，他甚至从禽兽般的生态中发现生命力的源泉，可见川端的美学理念中也有如此极端的一面。

这套六卷本的川端康成文集将由现代出版社出版，选编书目时，我得到编辑朱文婷女士许多很好的建议，应该说涵盖了川端的全部代表作，并收入许多他的重要作品，体裁包括长篇小说、中篇小说、短篇小说、掌小说，以及散文、评论，由于篇幅所限，有一些重要作品未能收入，但总体上体现了川端文学的全貌。由于受新冠肺炎疫情影响，可能会比预定时间推迟一些时日与读者见面，希望大家喜欢，并就教于大方之家。

郑民钦

2022 年 4 月 28 日于福州

千只鹤

千只鹤

一

菊治走进圆觉寺里，拿不定主意是否去参加茶会。时间已经晚了。

栗本千佳子每次在圆觉寺后面的茶室举办茶会，菊治都会受到邀请，可是自从父亲去世以后，他一次也没参加过。因为他觉得这是看在他父亲面子上的人情世故，所以一直置之不理。

但这次的请帖上附有这样一句话：期待莅临，以介绍我的一位女弟子相见。

看请帖的时候，菊治想起了千佳子的那颗痣。

菊治记得，自己八九岁的时候，跟随父亲去过千佳子的家，看见千佳子正在茶室里，敞开胸脯，用小剪子剪去痣上的毛。这颗痣长在左边乳房上，一直到心窝，大约有巴掌那么大，占据了半个乳房。上面长着紫黑色的毛，她当时正在用剪子剪掉。

“哦，少爷也一起来了。”

千佳子好像吃了一惊，合上衣襟，可是她并没有慌里慌张地掩藏起来，那样倒显得尴尬失态，而是将膝盖转向一边，慢慢地将衣襟塞进腰带里。

她似乎不是因为见到菊治父亲，而是见到菊治才吃惊。女佣出门应对后，回屋向她禀报过，所以她应该知道菊治父亲的来访。

菊治父亲没有进茶室，而是走进旁边的会客室。这间会客室兼做传授茶道的教室。

菊治父亲看着壁龛里的挂轴，漫不经心地说道：“来一碗茶吧。”

“好的。”

千佳子答应一声，却不见起身。

菊治清清楚楚地看见，千佳子摊在大腿的报纸上，落有不少如男人胡须般的毛。

光天化日之下，天花板上面的老鼠竟然肆意猖獗。廊檐附近，桃花烂漫。

千佳子坐在炉边烧水点茶，有点儿心不在焉的样子。

过了十多天，菊治听见母亲像暴露惊天秘密似的对父亲说道，千佳子因为胸口长痣，才一直没有结婚。母亲以为父亲不知道，一副同情怜悯的表情。

“哦，哦。”父亲故作惊讶地随声附和，“可是，只要事先说明，得到认可，丈夫愿意，看见也就没什么了。”

“我也这么说，可是，一个女人说自己的胸口有一颗大痣，这怎么张得了口？”

“她又不是小姑娘。”

“可还是说不出口。这要是男人的话，婚后发现，也许笑笑就过去了。可毕竟是……”

“怎么？给你看这颗痣了吗？”

“怎么会呢？瞧你净瞎说什么。”

“只是听说？”

“今天她来茶道教室的时候，闲聊之间，她自己说出来的。”

父亲默然。

“要是结婚的话，男人会怎么认为？”

“大概心里会厌恶，看着难受吧。不过，也许有人会把这个秘密当作乐趣，也不是没有任何吸引人的地方。这个短处说不定会成为她的长处。再说了，这本来就不是什么毛病。”

“我也说这不算毛病，可是她说问题是长在乳房上。”

“嗯。”

“她说结婚生孩子，一想到喂奶，这是最不舒服的。即使丈夫觉得没什么，可是孩子很难受。”

“有痣奶水就出不来吗？”

“那倒也不是。她说让孩子看到，自己心里不好受。我没想那么多，但她本人应该会有各种各样的顾虑。孩子一生下来，就要吃奶，孩子能看见东西的时候，就看到母亲乳房上丑陋的痣。孩子对世界的第一印象，孩子对母亲的第一印象，就是乳房的丑陋。——这会严重地影响孩子的一生。”

“哦，这就有点儿过虑了，何苦来着。”

“其实呢，也可以用牛奶喂养啊，还可以请奶妈。”

“虽说有痣，不影响出奶水就行了。”

“那可不行。我听了她的话，眼泪都出来了。她说得有道理。就说我们家菊治吧，那是绝对不能让他喝有个痣的乳汁。”

“那是。”

菊治对装糊涂的父亲感到愤怒，菊治本人也看到了千佳子的痣，而菊治对父亲无视自己的行为十分憎恶。

不过，菊治今天回想起将近二十年前的往事，觉得当时父亲也有苦衷，似乎在苦笑。

另外，菊治还经常想起自己十几岁的时候母亲说过的话，要是自己有同父异母弟妹，是吃长痣乳房产出的奶水长大的，会是什么样的呢？菊治也为此担心害怕。

菊治不仅害怕在别的地方冒出个莫名其妙的弟弟或妹妹，更是对这样的孩子本身感到恐惧。他总觉得，喝着乳房痣上长毛的奶长大的孩子，就是凶神恶煞。

幸好千佳子没有生孩子，往坏里猜测，也许是父亲没让她怀上，大概把母亲因为痣和孩子而痛哭流涕的情形作为借口劝说千佳子，阻止了她生孩子的念头吧。总而言之，父亲生前死后，菊治的确没有见过千佳子有孩子。

菊治和父亲一起看到千佳子的痣后不久，千佳子就把自己的隐私主动告诉母亲，这大概是她先声夺人的手段吧，抢在菊治告诉母亲之前。

千佳子终身未嫁，真的是那颗痣决定了她的一生吗？

然而，痣的印象一直留在菊治的心间从未消失，说不定这与他的人生命运有着某种交集关联。

当千佳子借茶会的机会，想把某位小姐介绍给菊治的时候，他的眼前浮现出那颗痣的样子，而且他忽然想到，因为这是千佳子的介绍，会不会是一个洁白无瑕、冰肌玉肤的姑娘呢？

父亲的手指会不会时而捏弄那颗痣呢？父亲也许还咬过那颗痣呢？菊治曾经这样无端妄想过。

此时此刻，菊治走在寺院的山间鸟鸣之中，脑子里就掠过这样的空想。

可是，在菊治见过痣以后的两三年内，千佳子逐渐变得男性化，如今已经完全是一个中性人了。

今天的茶会，她一定会安排周到，干练利索，不过，她那长痣的乳房也许已经干瘪了吧。就在菊治这样窃笑着胡思乱想的时候，有两位小姐从他身后匆匆走来。

菊治停下脚步，打算给她们让路，并顺便问道：“请问，栗本女士的茶会是在这条路的里头吗？”

“是的。”两位小姐同时回答。

其实，菊治不用问路也知道怎么走，而且一看这两位小姐的衣着打扮，便知也是去参加茶会的，菊治这么问，只是明确表示自己要去茶会。

其中一位小姐身穿淡红色绉绸和服，手挎着一个包袱，那包袱皮上绘有白色千鹤图案，实在美丽动人。

二

两位小姐进入茶室之前正换穿布袜的时候，菊治也到了。

从她们身后看过去，茶室约为八叠[①]大，挤满了身穿华丽和服的女子，她们并排坐着，几乎膝盖挨着膝盖。

千佳子眼尖，一眼就看到菊治，立马站起来，走上前，说道：“哎哟，快请进。您是稀客。承蒙惠临。从这儿上来吧，不要紧的。”

她指着靠近壁龛的隔扇。

茶室里的女士们一齐回头看过来，弄得菊治满面通红，问

① 叠，日本房屋面积单位，一叠为一张榻榻米大小，约 1.62 平方米。

道："都是女士吗？"

"是。也有男士，不过都回去了。您是万绿丛中一点红[①]。"

"我岂能是'红'啊。"

"菊治您完全有资格称'红'，不必介意。"

菊治略一挥手，示意自己从那边的入口进去。

刚才的小姐把穿了一路的布袜包在千鹤包袱皮里，彬彬有礼地站在一旁，让菊治先走。

菊治走进隔壁房间。那房间里凌乱地放着点心盒子、茶具箱、客人的物品等东西，女佣正在后面的水屋[②]洗东西。

千佳子走进来，一屁股坐在菊治面前，问道："怎么样？那小姐不错吧？"

"是拿着千鹤包袱皮的那位吗？"

"包袱皮？这个我不清楚，就是刚才站在那边的漂亮小姐，稻村先生的千金。"

菊治不置可否地点了点头。

"您竟然注意到了包袱皮。我真小瞧您了。我以为你们一起来的呢，您下手够快的，真让我惊讶。"

"你在说些什么呀。"

---

①万绿丛中一点红，典出王安石的《咏石榴花》："浓绿万枝红一点，动人春色不须多。"但据说宋徽宗曾以"万绿丛中一点红，动人春色不须多"出题考试。日本人借用此诗句，转义特指众多男性中唯一的女性。——本书注释均为译注。
②水屋，附设于茶室的厨房，一般有摆放茶道用具的架子和清洗茶具的水池。

“既然是路上已经相遇，说明有缘分啊。而且，令尊也认识稻村先生。”

“是吗？”

“她家以前在横滨开生丝行。今天的事，我没告诉她，您呢，就是带着这个目的，好好观察一下。”

千佳子的嗓门不小，菊治担心会被仅有一道隔扇隔开的茶室里的人听见，感觉十分无奈。这时，千佳子突然把脸凑过来，压低嗓门说道：“不过，这件事有点儿头疼。太田夫人来了，还带着她的女儿。”

她一边说一边对菊治察言观色：“今天的茶会，我可没有通知她。……不过，这样的茶会，哪怕是过路人进来参加都可以，刚才就有两拨美国人进来看了看就走了。对不起。太田夫人听说有这个茶会，不请自来，这也没办法。不过，您的事，她当然不知道。”

“其实我今天本来也是……”

菊治想说今天本来就不是为相亲而来，但没有说出口，硬是把话咽了下去。

“要说尴尬的话，也是太田夫人，您装作若无其事的样子就行了。”

菊治对千佳子的这个说法很不爽。

看来这个女人与父亲的交往不会很深，时间也不长。父亲生前，栗本千佳子像一个乖巧听话的女人一直出入菊治家，不仅在茶会的时候，作为家里的常客，也经常下厨干活。

自从她男性化以后，母亲如果对她还是那么嫉妒，那只会令人苦笑，觉得无聊至极。母亲后来也应该猜到父亲肯定见过千佳子的痣，不过那已经事过境迁，千佳子完全一副忘得一干二净的神情，紧随母亲身后。

菊治不知不觉间开始对千佳子采取轻侮的态度，由着性子顶撞她，这样，他才会感觉幼时对她令人窒息的厌恶感有所减轻。

千佳子的男性化，以及她成为菊治家难得的帮手，也许都是她独特的生存方式。

依靠菊治家，千佳子成为茶道师傅，已经小有名气。

父亲死后，菊治心想，千佳子仅仅凭借与父亲短暂的交往就彻底抹杀自己的女性本能，不由得对她产生些微同情。

母亲之所以对千佳子不再那么怨恨，也还因为受到太田夫人的掣肘。

菊治的父亲和太田是茶友，太田死后，因为菊治的父亲负责处理太田遗留的茶具，于是同他的遗孀亲近起来。

最先向母亲暗中告密的是千佳子。

不言而喻，千佳子是为母亲奔走效劳，不过，她的力度有点儿过大。比如到处跟踪父亲，还三番五次地跑到寡妇家里奚落训斥一番，仿佛是在发泄她自己心底郁积的妒火。

母亲性格内敛含蓄，见千佳子这样好管闲事，闹得满城风雨，给吓得心惊肉跳。人言可畏，母亲害怕街坊邻居的风言风语。

当着菊治的面，千佳子也向母亲大骂太田夫人。母亲不愿意听，千佳子就说让菊治听听也没什么。

“上一次我去她家里时，狠狠训了她一顿，大概被她的孩子偷听了，那孩子就在旁边的房间里抽抽搭搭地哭泣起来。”

母亲蹙眉问道：“是女孩子吗？”

“是的。说是十二岁了。太田太太这个人，感觉有点儿缺心眼，她站起来，走到隔壁，我还以为她会责备女儿，没想到竟然把孩子抱出来，让她坐在自己大腿上。然后她坐在我对面，和孩子一起哭天抹泪，故意给我看。”

“这样子，孩子不是太可怜了吗？”

“所以，她把孩子作为和我对抗的工具，因为那孩子知道她母亲的事。长得倒是脸蛋圆圆的，蛮可爱。”千佳子一边说一边看了一眼菊治：“其实呢，菊治少爷也可以劝劝老爷嘛。”

母亲终于忍不住了，规劝道：“你别这样到处放毒了。”

“太太，明明是毒药，可不能往肚子里咽啊，咬着牙也要把毒药吐出来，这就好了。瞧您这么消瘦，人家可养得白白胖胖、油光满面的。尽管缺心眼，可只要装出一副可怜样儿，哭哭鼻子，就以为万事大吉。……首先，您家老爷上她家去，接待的客厅里还堂而皇之地挂着她那死人丈夫的照片，而您家老爷居然一声不吭。”

这位被千佳子如此臭骂过的太田夫人在菊治父亲去世以后，居然带着女儿来参加千佳子的茶会。

菊治感觉被当头浇了一盆冷水。

正如千佳子所言，尽管今天没有邀请太田夫人，但是令菊治没有想到的是，父亲死后，她们之间还在继续来往。也许太田夫人甚至让女儿向千佳子学习茶道。

“如果您不乐意的话，我可以让太田夫人先回去。”千佳子看着菊治的眼色说道。

“我倒无所谓。如果对方想走的话，那请便。”

“她要是有那么机灵的话，令尊令堂就不用那么操心了。”

“不过，她的女儿也来了吧？”

菊治没见过这位寡妇的女儿。

菊治觉得，太田夫人在场的情况下，与拿着千鹤包袱的那位小姐见面不太合适，而且，他更不愿意在这个场合第一次见到太田小姐。

但是，千佳子的声音在菊治的耳边絮絮叨叨，缠绕萦回，刺激着他的神经。于是他干脆说道：“反正谁都知道我来了，没必要躲躲藏藏。”

说罢，他站了起来，从靠近壁龛的那边走进茶室，坐在上座。

千佳子随后跟了进来。

紧接着，千佳子郑重其事地把菊治介绍给大家："这位是三谷少爷，三谷先生的公子。"

于是，菊治低头向大家施礼致意，接着一抬头，把各位小姐看得一清二楚。

菊治起先有点儿紧张，五颜六色的和服令他眼花缭乱，分不清楚哪一位小姐穿着什么样的和服。

等到他定下心来，才发现原来自己正坐在太田夫人的对面。

"啊！"夫人大为惊讶，所有的人都听到了她充满亲切感的、发自内心的这一声音。夫人接着说道："久违了。"

夫人轻轻拽一下她身旁的小姐的衣袖，示意她赶紧打个招呼。小姐似乎有点儿为难，满脸飞红，低头施礼。

菊治深感意外，看上去夫人的态度没有丝毫的敌意或恶意，而是显示出久违重逢的亲切感。她似乎对这次与菊治的邂逅感到十分高兴，此刻坐在人群中，她好像忘却了自己的身份。

那位小姐一直低头端坐。

夫人见状，自己也两颊绯红，那一双灵动的眼睛仿佛蕴藏着千言万语，她走过来贴近菊治的身边，一副倾诉衷情的样子问道："您也从事茶道吗？"

"不，我一直没学。"

"是吗？不过，府上可是茶道世家。"

夫人好像心潮澎湃，眼睛湿润。

父亲的葬礼过后，菊治就没见过太田夫人。

她与四年前几乎毫无变化。

白皙修长的脖颈，与之不太相称的圆润溜肩，依然如昨。身腰体态，胜过年龄。一双大眼，口鼻略小，细看鼻子，小巧秀气，惹人喜爱。说话的时候，感觉有点儿兜嘴。

小姐的修长脖颈和光滑溜肩完全继承她母亲的血统，嘴比母亲的大，一直抿着。相比之下，母亲的嘴巴小得有点儿可笑。

小姐的黑眼珠比母亲的大，似乎含着几分哀愁。

千佳子看了一眼炉里的炭火，说道："稻村小姐，给三谷先生敬一碗茶，好吗？你还没点茶吧。"

"好的。"

那位用千鹤包袱皮的小姐站了起来。

菊治知道，稻村小姐就坐在太田夫人的一旁。

但是，菊治见过太田母女以后，就尽量避免把目光投向稻村小姐。

千佳子让稻村小姐点茶，大概就是为了让菊治看看她。

稻村小姐跪坐在茶釜跟前，回头问千佳子："用哪个茶碗呢？"

“哦，就用那个织部茶碗[1]吧。”千佳子说道，“这是三谷少爷的父亲珍爱的茶碗，也是他赠送给我的。”

放在稻村小姐面前的茶碗，菊治看着眼熟。父亲肯定用过这个茶碗，但这是太田夫人转让给他的。

太田夫人看到故去丈夫生前心爱的东西由菊治的父亲转手送给千佳子，而且在这样的茶席上拿出来，此情此景，不知做何感想？

菊治对千佳子如此的漫不经心感到吃惊。

要说漫不经心，太田夫人又何尝不是如此呢？

在有着扑朔迷离、芥蒂纠葛历史的中年妇女面前点茶的稻村小姐，显得多么纯洁清净，菊治觉得美不胜收。

三

千佳子想让菊治好好瞧瞧用千鹤包袱皮的小姐长相的意图，稻村小姐本人大概一无所知。

稻村小姐举止大方地点茶，然后亲自端到菊治面前。

①织部茶碗，即织部烧。桃山时代（1573—1600），千利休的弟子古田织部创始，主要在美浓地方烧制的陶器茶碗。其设计风格参考中国的华南三才，器物具有大胆破格的造型与扭曲的几何线条形态，同时使用浓厚的釉色，纹饰、色彩多样，有黑织部、青织部、赤织部、鸣海织部、志野织部等，形成京都茶碗特色。

菊治饮毕，欣赏茶碗。这是一个黑织部茶碗，正面挂白釉，上绘黑釉嫩蕨菜纹饰。

千佳子说道：“还记得吧？”

“哦。”

菊治模棱两可地回答，放下茶碗。

“茶碗上的蕨菜嫩芽，生动地再现山村的情趣，所以最适合在早春时节使用。令尊当年就喜欢这样的季节感。今天拿出来，虽然季节晚了点儿，但给少爷献茶最为恰当。”

“哪里，家父曾短暂拥有这个茶碗，确是事实。不过，这是利休①的桃山时代传承下来的茶碗，几百年间，受到众多茶人的珍爱，代代相传。家父也就数不上了……”

菊治这么说，是想忘记这个茶碗背后的是非。

太田将这个茶碗传给他的遗孀，太田遗孀传给菊治的父亲，菊治的父亲又传给千佳子，如今太田和菊治的父亲都已作古，而这两个女人现在坐在一起。这个茶碗也经历了奇特的命运。

今天，这个古老的茶碗在这里，被太田遗孀及其小姐、千佳子、稻村小姐、其他的小姐们，嘴唇接触，手掌抚摸。

太田夫人冷不丁说道：“我刚才用的是别的茶碗，现在我也想用这个碗喝一次。”

①利休，即千利休。千宗易，安土桃山时代的茶道家，日本茶道的集大成者。号利休。学于武野绍鸥，闲寂茶的完成者。曾仕于织田信长、丰臣秀吉，后因触怒秀吉，被迫自刃。

菊治又是一惊，不知道她是无知，还是厚脸皮。

菊治看着一直低头沉默不语的太田小姐，顿觉可怜，于心不忍。

稻村小姐这次为太田夫人点茶，所有人的目光都注视着她，但是，大概这位小姐不了解这个黑织部茶碗的来龙去脉，所以只是按照所学的程序一丝不苟地操作。

稻村小姐的点茶动作干净准确，没有瑕疵，姿势端庄，从胸部到膝盖气韵高雅。

嫩叶的影子，映在她身后的隔扇上，似乎也若有似无地反射在她艳丽的长袖和服的肩膀和袖兜上，一头青丝光泽鲜亮。

就茶室而言，显然过于光亮，但恰好凸显出稻村小姐的青春靓丽。合适少女气质的小红绸巾也没有艳俗的感觉，而是清新爽秀，在稻村小姐手里，宛若一朵绽放的红花。

她的周围，仿佛有千只小白鹤在翩跹飞舞。

太田遗孀把织部茶碗托在掌心上，说道："黑碗绿茶，如春绿萌生。"她到底没有说出这茶碗曾为丈夫拥有过。

接下来，按照程序，是欣赏茶具，因为小姐们对茶具不太熟悉，所以大家基本上是听千佳子介绍。净水罐①、茶筅②这两样东西以前也为菊治父亲所拥有，但千佳子和菊治都没有提及。

---

①净水罐，茶道时存放净水的罐，一般用于给茶釜添水，洗涤茶碗、茶筅。日文为"水指"。

②茶筅，点茶时，搅动抹茶起泡沫的竹制器具。圆筒茶刷。

太田夫人看着小姐们离座回去，而菊治依然坐在那里，便走上前来。

“方才失礼了。我想您也许生气了吧，可是我一见到您，便有一种亲切的感情油然而生。”

“哦。”

“您都长这么大了，真是一表人才。”太田夫人几乎泪湿眼眶，“哦，对了，令堂也……本来想去参加葬礼的，可最后还是没有去成。”

菊治面露不悦。

“令尊令堂相继离去……您会感到冷清吧？”

“哦。”

“您还不回去吗？”

“哦，再等会儿。”

“想找个时间，和您好好聊聊。”

千佳子在隔壁房间喊道：“菊治少爷。”

太田夫人很不情愿地站起来。太田小姐早已在院子里等着她。

太田小姐和母亲一起向菊治低头施礼后离去，她的神色似乎在表示有什么话想对母亲说。

隔壁房间，千佳子和身边两三个弟子，以及女佣在收拾茶具。

“太田夫人都对您说了些什么？”

“没……没说什么。”

“对她可得留点儿神。别看她一副老实厚道的外表，装作无辜的样子，人心隔肚皮，不知道她想什么坏主意呢。”

“可是，她不是经常来参加你的茶会吗？从什么时候开始的？”菊治带着点儿挖苦的口气。

菊治走到外面，仿佛要逃离这里的恶毒空气。

但千佳子跟在他身后说道：“您觉得怎么样？很不错的小姐吧？”

“是个不错的小姐。不过，要是在一个没有你、没有太田夫人、没有家父亡灵的地方和她见面，那感觉应该更好。”

“您想得太多了。太田夫人和那位小姐没有任何关系。”

“我只是觉得对不起小姐。”

“有什么对不起的？今天太田夫人来参加茶会这件事，如果让您不高兴，我向您表示歉意，但是，今天真不是我叫她来的。稻村小姐的事，您再考虑考虑。”

“那好，今天我就告辞了。”

菊治停住脚步，如果边走边说的话，千佳子肯定是紧跟不放。

等到只剩下菊治一个人的时候，他望着前面山脚下含苞欲放的杜鹃花，深吸一口气。

千佳子的一封信就把自己招来，他为自己对诱惑的定力感到厌恶，但对千鹤包袱皮小姐的印象的确鲜明深刻。

今天的茶会上见到父亲的两个相好，也没有给他留下多大的郁闷，大概就是稻村小姐的缘故吧。

然而，菊治一想到这两个女人依然活得有滋有味，还公开谈论父亲，而自己的母亲却已经离开人世，就不由得怒火攻心，千佳子那一颗丑陋的痣浮现在眼前。

晚风从嫩绿的树叶间吹拂过来，菊治摘下帽子，慢悠悠地走着。

他远远看见太田夫人站在山门背后。

菊治瞬间想到的是绕道躲开，看了一眼四周，左右各有一座小山，只要上山，大概可以避开山门。

但是，菊治还是朝山门走去，只是觉得自己正板着面孔。

太田夫人看到菊治，反而迎面过来，脸颊发红。

“因为还想见你一面，所以在这儿等你，也许你会认为我不要脸面，可我觉得，要是就这样分开，我心有不甘……而且也不知道下次什么时候能见面。”

“令爱呢？”

“文子先回去了，跟她朋友一起走的。”

“那么，她知道你在这儿等我？”

“是的。”夫人回答，看着菊治的脸。

“看来令爱不太喜欢我，刚才的茶会上，她似乎不想和我见面。让我感到遗憾。”

菊治的话说露骨也露骨，说委婉也委婉，太田夫人立刻接过话：“她见了你，心里也不好受吧。”

“大概是家父待她不好的缘故吧。”

菊治的本意是想说：就因为太田夫人的事，自己深受折磨。

“不，令尊很疼爱文子。这些事，我想等有空的时候慢慢告诉你。起初，尽管令尊对文子很亲热，可是文子不和令尊亲近。然而，到战争快结束的时候，空袭非常激烈，也可能她感觉到什么了吧，态度截然改变，对令尊也是尽力表示自己的心意。一个女孩子，想尽心尽力，也无非就是买只鸡、买点儿菜之类的东西，但是那个时候，上街都有危险，她还是在空袭中跑到很远的地方弄了些大米回来。……她态度的改变，让令尊都十分惊讶。我看到女儿的变化，从内心对她怜悯，同时更加自责，心里难受苦恼。”

菊治听了这话，才知道母亲和自己都得到过太田小姐的恩惠。那个时候，父亲有时会带点儿意想不到的东西回来，原来这都是太田小姐买来送给自己的。

“女儿为什么突然发生这样的变化，我也弄不明白。也许她觉得在那样的日子里，随时都有可能死去。那样的话，我的人生一定会变得十分可怜，所以她才对令尊那样尽心尽力。”

战败以后的岁月里，也许太田小姐已经清楚地看到自己的母亲必须不顾一切地依赖与菊治父亲的爱才能生存下去的状态。生活的环境日益严峻，她只能抛弃已故父亲所有的过去，面对严酷的现实，助母亲一臂之力。

“你刚才注意到文子手上的戒指了吗？”

“没有。”

“那是令尊送给她的。令尊到我家里来，要是遇到空袭警报，他一定要回家。文子每次都要送他，因为害怕他一个人在路上万一有什么危险。文子送他回家后，有时候回不来，如果在府上住一宿，那倒没什么，就怕两个人死在路上，这让我提心吊胆的。有一次第二天早晨她才回来，一问才知道，原来送令尊回家后，她回不来，就找了个防空洞待到天亮。后来令尊来我家的时候，他说‘阿文上一次多亏你了’，便送给她一枚戒指。那孩子大概不好意思让你看到那枚戒指吧。”

菊治听着，感觉厌烦起来，然而也不由自主地对她们心生同情，自己都觉得奇怪。

其实，菊治并没有对夫人产生真心厌恶或者警惕的情绪，好像她具有一种让菊治在不知不觉间丧失警惕的力量。

太田小姐之所以尽力服侍父亲，也许就是因为对母亲的可怜境遇于心不忍。

菊治觉得，夫人说的是女儿的事，其实是在倾吐自己的爱情。

夫人有一肚子的话要说，倾心吐胆，但倾诉的对象，说得极端一点，菊治的父亲也好，菊治本人也好，也都不在乎了。对着菊治诉说，也正如对着菊治父亲一样，满怀亲切感和思念之情。

菊治以前和母亲在一起时，对太田遗孀怀有敌意，虽然现在不能说完全消失，但至少没有那么强烈了。甚至稍不留神，就会产生一种错觉——自己就是被这个女人爱过的父亲，曾和她长久亲密过。这让他有种被诱骗的感觉。

菊治心想，父亲和千佳子很快就分手了，之后一直至死，都和这个女人情系一处，自然，千佳子就会欺辱太田夫人。菊治顿时萌生些许残忍的念头，感觉有一种诱惑可以让他随性捉弄一下这个太田夫人。

菊治说道："你经常参加栗本的茶会吗？她以前不是总欺负你吗？"

"嗯，令尊过世以后，她给我来信。因为我也很想念令尊，心里寂寞，所以……"夫人低下头。

"令爱也一起去吗？"

"文子大概是勉强陪我的吧。"

他们跨过铁轨，走过北镰仓车站，朝着与圆觉寺相反方向的山那头走去。

四

太田遗孀至少也有四十五岁开外，比菊治年长近二十岁，但是，她令菊治忘记了两人之间的年龄差距。于是，菊治和她发生了枕席之欢，菊治甚至感觉对方是比自己年龄还小的女子。

太田夫人以其经验，让菊治感受到了快乐，而菊治丝毫没有作为经历欠缺的单身汉该有的胆怯。

菊治仿佛觉得自己是第一次认识了女人，也是第一次认识了男人。他为自己的开悟感到震惊。菊治一直不知道，女人作为被动者，是如此温柔，在温顺的服从中充满诱惑性，这就是柔情似水的、温馨得令人窒息的被动者。

菊治还是独身，在完事以后，往往会产生一种厌恶感。然而，他在最应该羞耻诅咒的时刻，却沉浸在甜美陶醉的感觉里。

每当这个时候，菊治总想冷漠地离开，可唯有这一次，痴痴地由着她依偎温存。他不知道，女人的浪潮会这样后浪逐着前浪。在浪潮的间歇点，他觉得自己就是一个征服者，在慵懒的困顿中感受到如被奴隶洗脚般的心满意足。

此外，他还品味到一种母爱。

菊治缩着脖子说道：“你知道吗？栗本这儿有一大颗黑痣。”

他猛然觉得脱口而出这句不该说的话，大概是自己心不在焉的缘故，不过他也不觉得这句话对千佳子有什么不好。

“长在乳房上，就在这儿，像这个样子……”菊治伸出手比画着。

菊治的心中萌生一种东西，促使他说出这样的话。那是一种想自我叛逆，又想伤害对方的难以抑制的心情，可能也是为了掩饰想看到夫人乳房的那种甜美的羞涩。

“哎哟，真恶心。”夫人轻轻地合拢衣领，却又突然觉得还有无法理解的地方，便慢悠悠地问道，“我是第一次听说，不过，反正穿着衣服，应该看不见的。”

“怎能看不见呢？”

“哦，为什么？”

“这儿要有的话，不就看得见吗？”

“哎呀，你真讨厌！你以为我也有黑痣，才来寻找的吗？”

“不是这个意思，我是说，如果有的话，这个时候会是什么样的心情？”

“这儿吗？”夫人看着自己的胸部，平淡漠然地回答道，“你为什么要说这件事？这跟你有什么关系？”

菊治的阴毒在夫人身上没有任何效果，却转到自己身上发作了。

“怎么说没有关系呢？我在八九岁的时候见过一次，至今还会想起来。”

“为什么？”

“你不是也大受其害吗？还记得吗？栗本不是总做出一副家母和我的代理人的样子到你家里数落你一通吗？”

夫人点点头，轻轻抽身，但菊治用力搂着：“我想，那个时候，她之所以对你那么狠，肯定是意识到自己胸脯的黑痣，故意使坏报复。”

“哦，你说得这么可怕。”

“这里面多少也有对我父亲报复的情绪。”

“她要报复什么？”

“一种扭曲变态的心理，始终感到自卑，所以被我父亲抛弃了。”

“你别总是说黑痣，听了恶心。”

看来夫人不喜欢想象那颗黑痣的模样。

“我觉得栗本现在也不会把黑痣放在心上，烦恼都已经过去了。”

“虽然烦恼已经过去，但不是还留下了痕迹吗？”

“过去是过去了，不过有时候也会想起。”夫人带着些许回忆梦境般的声调说道。

菊治觉得这句话绝对不能说，可到底还是憋不住漏了出来：“刚才茶会上，坐在你旁边的那位小姐是谁啊？”

“嗯，她叫雪子。是稻村先生的千金。”

“栗本叫我来参加今天的茶会，就是想让我见见这位小姐……”

“啊……”

夫人圆睁大眼，一眨不眨地盯着菊治。

“这不是相亲吗？我可是一点儿也没察觉出来。”

“不是相亲。”

“是吗？你相完亲后竟然……”

夫人的泪珠落到枕头里，肩膀颤抖。

“是我不好，是我不好。可你为什么不告诉我？”

夫人把脸埋在枕头上，伤心地哭泣。

这是菊治没有预料到的。

“不管是不是相亲以后发生的事情，不好就是不好。其实，这两件事没有关联。”

菊治这么说，也这么想。可是，这个时候，稻村小姐点茶的身姿风貌又在他的眼前浮现，他仿佛又看见了那块桃红色的千鹤包袱皮。

这样一来，他感觉到身旁哭哭啼啼的夫人的身子显得很丑陋。

“啊，是我不好。我是一个罪孽深重的坏女人。”

夫人哆嗦着圆润的肩膀。

对菊治而言，倘若后悔，无疑让自己感到丑恶。相亲一事，另当别论，但她毕竟是父亲的女人。

但是，那个时候，菊治既没有后悔，也不觉得丑恶。

菊治也莫名其妙，自己怎么就和这个夫人做出这种事来？事情的发展都是顺其自然的。夫人大概后悔自己勾引了菊治，然而，夫人既没有勾引的意图，菊治也不认为自己受到夫人的勾引。而且从心情上说，菊治没有丝毫的抗拒，夫人也没有丝毫的抗拒。可以说，完全不存在任何道德观念的阴影。

两人走进圆觉寺对面山上的一家旅馆，共进晚餐。话题一直围绕着菊治父亲的事情，菊治并没有非听不可的意思，老老实实地坐着洗耳恭听本身就显得很滑稽，但夫人似乎没有想到菊治的感受，只是一味眷恋地回首往事。菊治听着听着，逐渐感受到夫人那宁静安详的好意，沉浸在温婉柔软的爱情里。

菊治似乎体味到了当年父亲享受的幸福。

要说不应该，也的确不应该，菊治丧失了拒绝的机会，一味沉溺于甜腻的心软。

但是，也许菊治的心底还是潜藏着阴影，所以才把千佳子、稻村小姐的事情狂妄地吐露出来，对夫人喷毒。

没想到太田夫人反应太大，如果菊治这时候反悔，无疑丑陋无比，而且还会对夫人做出恶语中伤的残忍之事，自我厌恶的情绪不由得涌上心头。

“忘了吧。没什么了不起。”夫人说道，“这种事，算不了什么。”

“你想的只是我父亲的事吧？”

“嗯。”

夫人吃惊地抬起头，刚才埋在枕头里哭泣，眼皮都哭红了，眼白也显得有些混浊，却依然残留着女人的慵懒。

“您这样说我，我也没办法。我是一个可悲的女人。”

“你胡说。”菊治粗暴地拉开她的胸襟，“要是有痣的话，会给我留下难忘的印象……”

菊治为自己的话感到震惊。

“别这样！不能这么看，我已经不年轻了。”

菊治龇着牙齿贴上去。

夫人刚才的热潮再次涌起。

之后菊治酣然睡去。

在睡意蒙眬中，听见小鸟的啁啾。菊治感觉自己有生以来第一次在鸟声婉转中醒来。

早晨的雾霭濡湿树木的青绿，菊治觉得自己的脑子被彻底洗涤了一遍，不再有丝毫的思绪想法。

夫人背对着菊治还在安睡。不知道她什么时候翻过身去的，菊治觉得有点儿可笑，便支起一只胳膊在薄明微暗中凝视她的面容。

五

茶会过后半个月，太田小姐登门拜访菊治。

把她请进客厅后，菊治为了平静一下激动的心情，亲自打开茶柜，取出西式点心放在盘子里，但心里还是忐忑不安，不知道是小姐独自来访，还是夫人陪同前来，只是不好意思进门而在门口等候。

菊治打开客厅门，小姐立刻从椅子上站起来，低着头，紧闭着兜嘴的下唇。

菊治说道："让你久等了。"

菊治从小姐身后走过，打开朝向庭院的玻璃门。

经过她身后时，菊治隐约闻到花瓶里白牡丹插花的一缕香气。小姐溜圆的肩膀稍稍前倾。

"请坐。"菊治说道，自己先落座，出乎意料地感觉心静如水。因为他从小姐的脸上看到她母亲的影子。

小姐依然低着头，说道："突然冒昧打扰，实在失礼。"

"不客气。你很熟悉路途。"

"啊。"

菊治想起来，那天在圆觉寺，听夫人说过，空袭的那些日子，她曾送父亲回家。

菊治本想提起这件事，但是他看着小姐，欲言又止。

于是，太田夫人当时的热情如温泉般在菊田心中翻涌上来，温暖人心。他想起来，夫人对一切都包涵宽容，柔性相许，这让菊治坦然心安。

由于菊治心绪稳定下来，对小姐的戒备心也随之松弛下来，但是他还是不能与小姐正面相视。

“我……”小姐停顿了一下，抬起头，“我今天是为家母的事来的，有求于您。”

菊治屏息凝神。

“您能原谅家母吗？”

“什么？原谅她什么？”菊治反问道。

他感觉夫人已经将他们之间的事告诉小姐了。

“要说请求原谅的话，应该是我。”

“令尊之事，也希望您能予以原谅。”

“家父之事，要说请求原谅的，不也应该是家父吗？家母也不在了，谁来原谅家父？”

“令尊那么早就辞世，恐怕有家母的原因吧？而且令堂也是……我对家母说过此事。”

“你过虑了。这样令堂很可怜的，我于心不忍。”

“要是家母比他们早一步走就好了。”

小姐惭愧内疚，一副无地自容的样子。

菊治察觉小姐说的是自己与夫人之间的事，这件事让小姐蒙羞受辱，受到极大的伤害。

“所以，希望您原谅家母。”小姐再次由衷地恳求。

菊治语气坚决地说道：“原谅也好，不原谅也好，总而言之，我感谢令堂。”

“是我母亲不好，她这个人很差劲。您别管她，别理她。”小姐语速很快，声音发颤，“我求您了。”

菊治终于明白了，所谓的“原谅”，包含着以后不要再去找她的意思。

“请您不要再给她打电话了……”

小姐的两颊泛着红晕，仿佛为了克服这种羞耻心态，她故意把头抬起来看着菊治，泪水盈眶，亮晶晶的黑眼珠，澄澈的眼睛没有丝毫的恶意，只有发自内心的哀诉。

菊治说道：“我知道了。对不起。”

“拜托您了。”

小姐的羞色越发臊红，连白皙修长的脖颈也被染成酡红。她身穿西服，衣领上别着洁白的饰物，从而更加衬托出脖颈修长之美。

小姐稍微宽下心来，放缓声调，说道：“您打电话来，想约家母，后来她没有去。是我不让她去的。她无论如何都要去，我紧紧抱住她不放。”

那次幽会之后的第三天，菊治给太田夫人打电话，想约她出来，夫人的声音显得高兴，但最终没有出现在约定的咖啡馆里。

菊治就打过一次电话，后来也一直未见其人。

“过后我也觉得母亲这样很可怜，可是当时我完全没有同情之心，不顾一切地阻止她。最后她说，那这样吧，文子，你替我打电话回绝他。我走到电话机前面，也说不出话来。母亲一直面对电话机，泪流满面。母亲认为三谷先生您也守在电话机旁。她就是这么个人。”

两人沉默片刻，菊治问道：“那天茶会完了之后，你母亲等着我，你为什么先走了呢？”

“母亲想让您知道，她并不是那种坏人。”

“有这样的坏人吗？”

小姐低垂眼睑，小巧秀气的鼻子下面，露出兜齿的下唇，柔美的圆脸与母亲极为相似。

“我早就听说，令堂有一位千金。我曾幻想与这位小姐聊聊我父亲的事。”

小姐点了点头：“我有时也有这个想法。”

菊治心想，要是自己与太田夫人之间什么事都没有发生，就可以无所顾忌地和这位小姐谈论父亲的往事，那该多好。

但是，菊治现在真心地原谅了夫人，同时也原谅了她与父亲的事情，之所以产生这种心情，就是因为他与夫人之间不再是“什么事都没有发生”的关系了。说起来，岂不令人奇怪？

小姐感觉自己待的时间过久，急忙站起来。

菊治送她出门。

“希望有机会和你谈谈家父的事情，同时也聊聊令堂如美玉般的人品。”

菊治虽然觉得自己只是信口而言，但心里也不是没有想法。

“嗯。不过，听说您很快就要结婚了吧？”

“我吗？”

“是，妈妈就这么说的。您不是和稻村雪子小姐相亲了吗？”

“没那回事。”

出门就是一道下坡路，走到一半的时候，坡路有点儿弯曲，回头望去，菊治家院子里的树木只能看见树梢。

听了小姐的这句话，菊治的脑海里忽然浮现出千鹤包袱小姐的身影。这时，文子站在坡路的中间，向他道别。

菊治朝着与小姐相反的方向，上坡而去。

林中落日

一

菊治还在公司上班，千佳子打来电话。

“今天下班后直接回家吗？”

菊治应该是直接回家，但满脸不悦地回答道：“是。”

“为了令尊，今天还是请您回家吧。因为令尊历年都要在今天举办茶会。一想到这儿，我就难以忍受。”

菊治默然不语。

“我正打扫茶室……喂喂……我正打扫茶室呢，突然想做几道菜。”

“你在哪里？”

“府上，在府上啊。对不起，事先没跟您打个招呼。”

菊治大吃一惊。

“一想起令尊，我就忍受不了，所以就过来打扫茶室，心想这样可以让心情平静下来。当然也可以事先给您挂个电话，但是我觉得肯定会遭您拒绝。”

父亲死后，茶室成了无用之所。

母亲在世的时候，好像还时而进去，独自静坐，但是，不生炉子，只是提着一铁壶热水进去。菊治不喜欢母亲进入茶室。一个人在里面，冷冷清清，也不知道她想些什么，所以令人担心。

菊治曾想偷偷瞧一下母亲在茶室里的样子，但始终没有这样做。

但是，父亲在世的时候，茶室的所有事情都由千佳子一手打理，母亲很少进去。

母亲去世以后，茶室就一直关闭，只是父亲雇用的那个老女佣有几次打开门通通风。

“多久没打扫了？榻榻米怎么没擦，还有一股霉味，真拿你们没办法。”千佳子越说越放肆，“打扫的时候，忽然想做几道菜，当然是心血来潮，所以食材也不全，不过我尽力准备一下，您到时直接回家吧。”

“嗬……你，我能说什么？”

“您一个人要是嫌冷清的话，带三四个公司的同事来也可以。”

“不行。没人会茶道。”

“不会更好，反正我这里也没什么准备的，轻轻松松过来玩。”

菊治不客气地说道：“那不行！”

“不行吗？真扫兴。怎么办呢？那个……令尊的茶友，也不能请出来。这样吧，我看把稻村先生的小姐叫来，怎么样？”

“别开玩笑了！不行！”

“怎么啦？叫她来不是很好吗？那件事，她倒是有意，您再好好地看看她，再好好聊聊，不是很好吗？今天叫她来，她要是来了，就说明她那边没问题了。”

“这种事，我不愿意。”菊治心头难受，“你别说了。我不回去了。”

“哦，唉，这种事，在电话里说不清楚，以后慢慢再说。总而言之，事情就这样，您早点儿回来吧。”

“事情就这样，事情就哪样啊？别对我说这个。”

“好了。就算我多管闲事。”

菊治感觉到千佳子咄咄逼人的气势，又让他想起几乎占据半边胸脯的大痣。于是，千佳子打扫茶室的笤帚的声音在他的脑子里回响，擦拭走廊的抹布仿佛在他的脑子里揩擦。

出于对千佳子固有的厌恶感，菊治认为她趁自己不在家时，擅自闯入，甚至无所顾忌地想煮饭做菜，这简直就是咄咄怪事。

如果为了表示缅怀父亲的意思，过来打扫茶室，献上插花，然后回去，这倒可以理解。

不过，在菊治厌恶之气充斥胸间的时候，稻村小姐的身姿如一道亮光在心头闪烁。

父亲亡故以后，菊治与千佳子的关系自然而然地疏远了，但是，她企图以稻村小姐作为诱饵，重新拉近与菊治的距离，纠缠不休。

千佳子的电话虽然显示出她有趣的性格，还有令人苦笑后对她丧失戒心的声调，但依然表现出了骄横霸气、盛气凌人的气焰。

菊治心想，千佳子之所以能够对自己颐指气使，那是因为有把柄抓在人家手里。正因为害怕被戳到痛处，使得他不敢对千佳子蛮不讲理的电话动怒发火。

千佳子抓住菊治的弱点，才得寸进尺，步步紧逼。

下班以后，菊治跑到银座，走进一家小酒吧。

他还真的必须按照千佳子的嘱咐，乖乖回家。那把柄给自己造成了苦闷的重压。

圆觉寺的茶会结束以后，回家途中意外地与太田夫人在北镰仓的旅馆共度春宵，千佳子应该不会知道此事，可是，后来她和太田夫人见过面吗？

千佳子在电话中所表现出来的强加于人的蛮横，令人怀疑这不仅仅只是她个人的态度。

不过，也有可能她只是使用惯常的强硬手段来撮合自己与稻村小姐的姻缘。

菊治在酒吧里也是心神不定，便乘坐电车回家了。

在省线电车[①]经过有乐町后开往东京站的这一段路中，菊治从车窗眺望着外面两旁高树并排的大街。

这条大街与电车线路几乎形成直角，东西走向，正映照着夕阳余晖，如一块金属板闪耀晃眼。可是，道路两旁的高大树木，虽然沐浴着残阳，但从背面看过去，墨绿色的树叶显得沉郁，树荫下感觉凉爽，枝杈伸展，阔叶葳蕤。道路两旁是坚实的洋房。

大街上行人很少，一直到皇宫护城河，一路上都冷冷清清，令人奇怪。耀眼明亮的车道也悄然无声。

从拥挤不堪的电车看下去，唯有这条大街浮现在傍晚这奇妙的时间里，有一种异国情调。

菊治仿佛看见身穿淡红色绉绸和服，怀抱白色的千鹤包袱的稻村小姐正行走在街道旁的绿荫里。千鹤包袱格外显眼。

菊治一阵神清气爽。

菊治一想到小姐这时候可能已经到家，心便不由得扑通扑通直跳。

可是，千佳子在电话里要菊治带几个同事回家，但菊治表示不愿意时，她就立刻说把稻村小姐叫来，她究竟是什么用意

①省线电车，明治大正时期，由铁道省经营的电车，主要在大城市内运行。

呢？其实她一开始就存心要把稻村小姐叫来吗？菊治摸不透她的心思。

一到家里，千佳子就急忙走出玄关，说道："就你一个人吗？"

菊治点点头。

"一个人正好。她已经来了。"千佳子走近前来，打算伸手接过菊治的帽子和皮包，说道，"您拐到哪里去了吧？"

她大概看到残留在菊治脸上的酒气，说道："拐到哪儿去了？后来我又给公司打电话，说是您已经走了，我还计算了一下您回家所花的时间。"

"太可怕了。"

千佳子随心所欲地闯入家门，为所欲为，居然连一句表示歉意的话都没有。

千佳子跟着菊治走进起居室，女佣已经把和服准备好，千佳子打算帮他换上。

"不麻烦你了。对不起，我要换衣服了。"

菊治脱下上衣，像甩开千佳子似的，走进存衣室，换好后才出来。

千佳子坐着不动："您这个单身的日子，我也算是服了。"

"哈。"

"这种不方便的生活，还是趁早结束吧。"

“看我老爹的样子，就够了。”

千佳子瞟了菊治一眼。

她从女佣那里借来一件烹饪服穿上，原先这件烹饪服是菊治母亲使用的。千佳子把袖子挽上去。

从手腕往上看去，白皙程度显然不太对称，胖瘦倒还匀称，肘部内侧青筋扭曲突起，像是结实的厚肉，让菊治颇感意外。

千佳子有点儿矫揉造作地说道：“我觉得，最好应该在茶室，不过已经让她进客厅了。”

“那就茶室里开灯吧，我还没见过茶室亮灯的样子。”

“要不点蜡烛，怎么样？反而更有情趣。”

“我可不喜欢。”

千佳子忽然想起什么似的说道：“对了，我刚才给稻村小姐打电话，小姐问是和家母一起去吗？我说要是两个人一起来最好了。可是不巧，她母亲有别的事，分不开身，所以就小姐一个人来了。”

“还不是你心血来潮随时决定的？突然间命令别人马上来，不觉得没礼貌吗？”

“这我明白。可是小姐已经来了，既然来了，我的礼貌不礼貌不是自然就不存在了吗？”

“为什么？”

“这不明摆的吗？小姐今天既然来了，这说明她对这门亲事还是很上心的。别看我做事有点儿不讲规矩，等到你们成功的时候，再来笑话说栗本是一个别出心裁的女人吧。就我的经验而言，只要事情办成了，不管你使用什么手段，都是成功的。”

千佳子显然没把菊治放在眼里，仿佛一眼就看透了他的心思。

“你已经跟对方说过了？”

“是的，讲过了。”

千佳子言下之意，就是要菊治赶紧明确表态。

菊治站起来，穿过走廊向客厅走去，他走到一棵大石榴树旁时，努力缓和了一下脸色，因为他不想让稻村小姐看到自己满脸不悦。

他朝石榴树背后的阴影处看了一眼，千佳子的黑痣又浮现在脑海里，他使劲摇了摇脑袋。客厅前面的院子的点景石上残留着些许夕阳。

隔扇敞开着，小姐坐在靠近门口的地方。

小姐的光彩明艳仿佛照亮了宽敞客厅中幽暗的里间。

壁龛的水盘上插着菖蒲。

小姐的腰带是鸢尾花的图案，也许只是偶然吧？适合于这个季节的花卉，但也许并非偶然。

壁龛的插花不是鸢尾花，而是菖蒲，花和叶都插得比较高，从插花的气韵上看，显然是千佳子刚插的。

二

第二天是星期日，雨天。

午后，菊治独自走进茶室，收拾昨天用过的茶具，同时也想寻觅稻村小姐留下的余香。

他让女佣拿伞来，从客厅下到庭院的踏脚石上，发现屋檐的落水管已有破洞，雨水哗哗地落在石榴树前面。

菊治对女佣说道：“这儿该修了。”

“是的。”

菊治想起来，这些日子，每当夜间下雨，躺在床上也能听见水声，心里就记挂这事。

“不过，这要是修起来，这儿也不行那儿也不行，修个没完。我看呢，趁着坏得还不是很厉害，索性卖掉好了。”

女佣说道：“有大宅子的人家，最近好像都这么说。昨天那位小姐说这宅院真大，她感觉很惊讶。这位小姐以后打算住过来吗？”

女佣的意思是不要卖掉。

“栗本师傅说过什么吗？”

“是的。小姐一来，师傅就领着她把家里里里外外都看了个遍。”

“哦，怎么这样？”

昨天，栗本没有对菊治说起这件事。

他以为小姐只是从客厅进入茶室，今天他也想从客厅进入茶室。

菊治昨晚夜不能寐。

茶室里似乎还残留着小姐身上的余香，半夜里他还想起来到茶室去看看。

“她永远是一个遥远的彼岸者。”

菊治这么想着，让自己入睡。

这位小姐被千佳子领着走遍家里各处，让菊治十分意外且惊愕。

菊治让女佣把炭火送到茶室，然后踩着踏脚石走进去。

昨晚，千佳子要回北镰仓，便和稻村小姐一起出门，让女佣收拾茶具。

这些茶具都放在茶室的角落里，其实把茶具放回原位就可以了，但是菊治不知道如何归位。

“还是栗本清楚。”

菊治自言自语，观赏着挂在壁龛里的歌仙画像。

这是法桥宗达[①]的一幅小品，淡墨薄彩，细笔线条，疏简勾勒。

“画的是谁呢？”

昨天，稻村小姐问过，菊治答不上来，只是含糊说道：“哦，是谁呢？上面没有题歌，我也不知道。像这样的歌仙画像，看上去都一个模样。”

“大概是源宗于[②]吧？”千佳子插嘴道，“他吟咏的和歌是‘常盘松翠绿，春来色尤鲜’[③]，虽然比现在的季节略晚一些，但令尊特别喜欢，春季经常挂这幅画。”

菊治又说道：“不好说究竟是源宗于还是贯之[④]，从画面上难以判断。”

今天重新审视，依然无法判断，这一张豁达开朗的脸庞究竟是谁。

不过，从这幅寥寥数笔线条疏朗的勾画中可以感觉到一种

①宗达（生卒年不详），江户初期的画家，擅长大和绘，创造出独特的构图新技法，近代日本的代表性画家。“法桥”是江户时代人们授予画家的称号。一说是绘屋俵屋主人，不详。

②源宗于（？—940），平安时代前期的歌人，三十六歌仙之一。光孝天皇之孙。赐源姓，脱离皇族，成为臣民，曾任权守，仕途不顺，曾作和歌哀叹自己的境遇。

③此和歌见于《古今集》。

④贯之，即纪贯之（872？—945），平安时代和歌复兴期的代表性歌人，《古今集》编纂者的核心。《古今集》是日本第一部敕选和歌集，纪贯之的序是第一篇用日文写的序，是日本文学最早的评论，建立起较为完整的和歌理论体系雏形。他的短歌几乎是《古今集》时代歌风的总体象征，其歌风后来长期被日本人视为日本民族的古典特性。他根据土佐守任满回京的旅途体验著述的《土佐日记》是日本假名散文、日记文学的先驱。

宏大的形象。这样凝神观看，菊治仿佛闻到一缕淡淡的清香。

无论是这幅歌仙画像，还是昨天客厅里的菖蒲插花，都让菊治情不自禁地想起稻村小姐。

“水烧开了，送晚了，因为我想等水多开一会儿再送来比较好。”

女佣把炭火和茶釜一起送进来。

茶室潮湿，菊治只是想要炭火，并没有说要烧水。

但是，女佣听到菊治要炭火的吩咐后，机灵地连茶釜都准备好了。

菊治随手添加几块炭，把茶釜搁在上头。

因为从小就参加父亲举办的茶会，耳濡目染，菊治也颇为熟悉茶道，不过他对点茶不感兴趣，父亲也没有让他学习。

茶釜的水已经烧开，菊治只是把釜盖稍微错开一点，呆坐一旁。

他似乎闻到一点儿霉味。榻榻米也是潮乎乎的。

古朴暗色的墙壁，昨天在稻村小姐的衬托下，显得有点儿明亮，今天则幽暗沉郁。

菊治有一种人住洋房，身穿和服的感觉，所以他昨天对小姐说道：“栗本突然把你叫来，让你为难了吧？其实，茶室接待的这个主意，都是她自作主张。”

“师傅对我说，这是令尊生前举办茶会的日子。”

“话是这么说，可是我早忘得一干二净，根本想不起来。”

“这样的日子，把我这个初学的新手叫来，这不会是师傅的恶作剧吧？因为这一阵子我很少参加茶会学习。”

“其实栗本也是今天早上才想起来，于是急急忙忙地跑过来打扫茶室，所以有一股霉味吧。”菊治吞吞吐吐地说道，“不过，我觉得，我们同样会相识的，要是没有栗本的介绍就好了，所以觉得对不起小姐。”

小姐用疑惑不解的目光看着菊治道：“为什么呢？要不是师傅的引见，我们不是还不认识吗？”

小姐无心地回了一句嘴，但说的是大实话。

的确，要没有千佳子的热心，也许两个人今生都缘悭一面。

菊治觉得当面一道亮光，仿佛挨了一鞭。

于是，菊治听出来，从小姐的口气判断，她已经应允了这门亲事。

因此，菊治才感觉小姐疑惑不解的目光是一道亮光。

但是，菊治直呼千佳子为栗本，小姐听了会是什么感受呢？虽然千佳子与父亲的关系不长，小姐是否知道呢？

“因为在我对栗本的记忆里，有一些不好的地方。”菊治的声音有些发颤，“所以，我不愿意让她安排我的人生命运。她把你介绍给我，我简直不敢相信。”

这时，千佳子端着自己那一份食案走进来，于是谈话中断。

“我也来陪伴你们。”

千佳子说着，坐了下来，稍稍弯背，似乎平复了一下刚才干活的喘息，她却一直看着小姐的面部表情。

“客人只有一位，虽然感觉有点儿冷清，但令尊一定很高兴的。”

小姐眼睑低垂，说道：“我没有资格进入这间茶室。”

千佳子充耳不闻，开始滔滔不绝地大讲特讲菊治父亲生前如何使用这间茶室，眉飞色舞。

她大概断定这门亲事已经稳操胜券。

回去的时候，千佳子在玄关对菊治说道：“菊治少爷也应该去稻村先生的府上拜访一下啊……下一次商量具体的时间。”

小姐点了点头，好像想说什么的样子，却没有说出来，整个身姿显露出少女本能的羞涩腼腆。

菊治意外地感觉到小姐传递过来的体温。

但是，无论如何，菊治总觉得自己被包裹在丑陋的黑幕之中。

直至今天，这重黑幕还未能揭开。

不仅把稻村小姐介绍给自己的千佳子不纯洁，自己本身也是不纯洁的。

菊治想象着父亲肮脏的牙齿啃咬千佳子胸部黑痣的景象。他又将父亲的形象与自己联系在一起。

即使小姐对千佳子毫无嫌隙，自己却心怀怨愤。菊治懦弱恇怯，优柔寡断，其源虽然不全出于此，但至少也是原因之一。

菊治既装出厌恶千佳子的样子，又装出与稻村小姐的婚事完全受到千佳子强迫的样子。千佳子原来是一个可以被随心所欲利用的女人。

菊治怀疑自己的伪装已经被小姐的慧眼看穿，于是感觉挨了当头一鞭。那时，他看到一个真正的自我，感到震惊。

吃过饭，千佳子站起来，出去准备点茶，趁着这空隙，菊治说道："如果说栗本操纵我们的人生命运，我和稻村小姐对命运的看法恐怕也大不相同。"

他的这句话似乎带着自我辩解的味道。

父亲故去以后，他不喜欢母亲独自进入这间茶室。

父亲、母亲、自己，各自单独在茶室里的时候，都是各想各的心事，他至今还是这么认为。

雨点淅淅沥沥地敲打着树叶。

其中还掺杂着敲打伞上的雨声，而且越来越近，隔扇外面传来女佣的声音："太田女士来了。"

"太田女士？是太田小姐吗？"

"是太田夫人。她好像得病了，显得面容憔悴……"

菊治猛然站起来，却原地不动。

"请她进哪个房间？"

“这儿就行。”

“好的。”

太田夫人没有打伞就进门了，可能把伞放在玄关了吧。

她脸上有水，菊治以为是雨水，其实是泪水。

因为从眼睛顺着脸颊滚落下来，不曾间断，所以知道是泪水。

刚开始菊治过于疏忽大意，以为是雨水。

“啊，你怎么啦？”菊治问了一声走近前去。

夫人一屁股坐在外廊上，双手支着廊板，身子转向菊治，像是要柔弱地瘫倒下来。

外廊的门槛周边都是一片水迹，菊治还以为是雨滴，再一看，原来还是潸潸泪水。

夫人目不转睛地凝视着菊治，用手支撑着身子，以免倒下来。菊治也觉得，要是自己避开她的视线，就会发生危险。

夫人眼窝凹陷，眼角布满皱纹，眼圈乌黑，出现病态般的、怪异的双眼皮。那一双欲诉衷肠的眼睛泛着迷离，晶莹濡湿，蕴含着难以言喻的万种柔情。

“对不起，就是想见您，实在无法抑制。”夫人的声音语调尽含眷恋之情。

她的体态脉脉含情。

夫人憔悴无力，要是没有这种绵绵深情，菊治无法直视。

夫人的痛苦刺伤菊治的心，他明知夫人的痛苦是自己造成的，却产生这样的错觉——通过夫人的柔情可以缓解自己的痛苦。

“会被雨水淋湿的，快上来吧。”

菊治突然间从背后紧紧环抱夫人的前胸，几乎是把她拖了上来。尽管这动作似乎有点儿粗野。

夫人想站稳脚跟：“放开我！放开我。我很轻吧。”

“是。”

“近来轻多了，人也瘦了。”

菊治对自己把夫人抱上来的举动也感到吃惊。

“令爱不是心头挂念吗？”

“文子？”

夫人呼唤文子的声音让菊治误以为小姐也来了。

“小姐也一起来了吗？”

“没有，我没告诉她……”夫人哽咽道，“这孩子最近一直盯着我。哪怕是三更半夜，我一有什么动静，她马上就醒过来。好像受我的影响，脾气也变得有点儿怪。她还问我，为什么只生她一个孩子？更可怕的是，她还说：‘哪怕是三谷先生的孩子也可以。’”

夫人说话的时候，端正了坐姿。

菊治从夫人的话语中感受到小姐心中的悲哀。

这是文子小姐对母亲的悲哀难以忍受而发出的忧伤感叹吧。

然而，文子居然说出生下菊治父亲的孩子也可以这样的话，还是让菊治痛心。

夫人依然目不转睛地看着菊治。

“今天我到这里来，说不定她也会追过来，我是趁着她今天不在家溜出来的……今天下雨，她以为我不会出去。”

“下雨天你就……”

“是的，她觉得我的身体已经很虚弱，下雨天不能出门。”

菊治只是点头。

“前些天，文子也到府上来过吧？”

“来过。她对我说：‘原谅我的母亲吧。’弄得我都没法回答。”

“我理解这孩子的心情，可是您看，我自己不是也跑来了吗？啊，太可怕了。”

“可是，我……应该感谢你的。”

“谢谢。有您这句话我就知足了……可是，后来我心里痛苦内疚，对不起你。”

“说起来，应该没有任何东西会束缚你吧？非要说有的话，莫非就是家父的亡灵吗？”

但是，听了菊治的话，夫人神色自若，不为所动。菊治觉得自己的话落了空，没有得到回应。

“忘了吧。”夫人说道，“我接到栗本师傅的电话，也不知道为什么，她那么怒火中烧。真是难为情。”

“栗本给你打电话了吗？”

“嗯。她说您和稻村小姐的亲事已经定下来了。……为什么她要专门告诉我？”

太田夫人又眼噙泪水，可是意外地莞尔一笑。这不是破涕为笑，而是纯真的微笑。

“事情并没有定下来啊。”菊治予以否认，“你是否觉得栗本察觉出我的什么事吗？后来你和她见过面吗？”

“没见过。不过，这个人很可怕，说不定她已经知道了。今天早晨打电话的时候，她肯定会觉得事有蹊跷。也怪我没用，说着说着就觉得身子要倒下去，还嚷了一句什么，结果人家听到了，反过来告诫我：‘太太，你就别添乱了。’”

菊治紧锁双眉，情急之下，说不出话来。

“什么叫添乱……您和雪子小姐的婚事，我只是认为自己不好。可是，今天早晨她来电话以后，我就开始害怕，提心吊胆，所以在家里待不下去了。”

夫人像被鬼神附体一样，肩膀哆嗦，嘴唇向一边歪斜，朝上翻吊，显露出老态的丑陋。

菊治站起来走过去，伸手按住夫人的肩膀。

“可怕，太可怕了！”夫人抓住他的手，朝四处观望，畏怯战栗，突然有气无力地问道，“这儿是茶室吗？”

菊治不明白她的问话是什么意思，便含糊其词回答道："是呀。"

"这茶室真好。"

不知道夫人是想起自己的已故丈夫经常受邀来这里，还是想起菊治的父亲。

"你是第一次来吗？"

"嗯。"

"你现在看什么呢？"

"没有。没看什么。"

"那是宗达画的歌仙绘像。"

夫人点了点头，顺势把头低垂下去。

"以前来过我家吗？"

"没有。一次也没有。"

"是吗。"

"哦，不，有过一次。向令尊遗体告别……"

说罢，夫人不再吱声。

"水开了，怎么样？来一杯，可以解乏。我也想喝。"

"好，可以吗？"

夫人站起来，却脚跟不稳，有点儿趔趄。

菊治从放在房间角落里的箱子中拿出茶碗等茶具，他发现拿出来的茶碗是昨天稻村小姐用过的，也不管那么多了，照样取出来。

夫人想取下茶釜盖，可是手颤抖着，拿着的盖子碰了一下茶釜，发出一声轻响。她手持茶勺，胸部前倾，泪水滴落下来，濡湿茶釜的肩部。

“这个茶釜，还是我让令尊购买的。”

“是吗？我还真不知道。”

夫人说这个茶釜原先是她亡夫所有，菊治听了，并不觉得反感，反而认为夫人能这样坦诚相告很正常。

夫人点完茶，说道：“我端不动。您来一下吧。”

菊治走到茶釜边上，就在那里喝茶。

夫人像昏厥过去一样倒在菊治的大腿上。

菊治抱着她的肩膀，夫人的后背轻轻动了动，呼吸似乎变得微弱了。

菊治像是抱着一个年幼的女孩，夫人浑身柔软无力。

三

“太太！”

菊治使劲摇晃夫人。

菊治双手按着她的喉部连着胸骨的地方，像是勒着脖子的样子，结果发现她的胸骨比以前凸起。

“太太，你能分辨出来吗？现在是我，还是我父亲？”

“你好狠心啊！不要这么说。”

夫人依然闭着眼睛，声音娇媚。

夫人似乎不想立即从另一个世界回到这个世界里来。

菊治刚才的话，与其说是对夫人说，不如说是拷问自己不安的良心。

菊治很顺从地被带入另一个世界。他觉得那就是另一个世界。在那个世界里，似乎没有了父亲与他自己的区别。后来，这种不安的情绪在心中萌芽。

菊治觉得夫人不是人间女子，要不是出现人间以前的女子，要不就是人间最后的女子。

他怀疑，只要夫人进入另一个世界，就感觉不到已故的丈夫、菊治的父亲以及菊治本人之间的区别。

“你想我父亲的时候，是不是把他和我视为同一个人？”

“宽恕我吧！啊，太可怕了！我是一个罪孽深重的女人啊。”

夫人的眼角溢出两行泪水。

“啊，我想死去，真想死去。现在死去，该多么幸福。菊治少爷，您使劲儿勒我的脖子吧。为什么您不勒我的脖子呢？”

“你胡说些什么！好吧，既然你这么说，那我就试试看。”

“是吗？太好了。”夫人抻长她的脖子，“我比以前瘦了，勒起来应该比较容易。”

“你忍心把小姐抛下吗？”

“我不忍心，可是，这样下去，我迟早也要累死的。文子，我就拜托给菊治少爷了。”

“你是说小姐也像你这样……”

夫人放心地睁开眼睛。

菊治对自己的话大吃一惊，完全没想到自己会说出这样的话。

他不知道夫人是怎么理解的。

“你看，我脉搏紊乱……活不长了。”

夫人握住菊治的手，放在自己的乳房上面。

也许是菊治的这句话让她的心脏剧烈跳动的吧。

“菊治少爷多大了？”

菊治没有回答。

“快三十了吧？真对不起。我是一个可悲的女人。我自己也不知道。”

夫人一只手支撑着半坐起来，双腿弯曲。

菊治坐起来。

“我到这儿来，并不是想毁掉你与雪子小姐的婚姻。不过，一切都已经结束。”

“婚事还没有定下来。但你这么一说，我觉得你是为我的过去洗白。”

“是这样的吗？”

“那个媒人栗本，也是父亲的女人。那家伙对过去的事耿耿于怀，经常发泄心头的怨气。不过，你是家父最后的女人，我想父亲是幸福的。”

“我想你还是尽快和雪子小姐结婚吧。”

“看我是否愿意。”

夫人神情恍惚地看着菊治，脸色苍白，手按额头。

“我头晕目眩，难受得很。”

夫人坚持要回去，菊治只好叫来出租车，自己也坐了进去。

夫人闭着眼睛，歪靠在座位边上，看她这种无助绝望的样子，感觉有生命之虞。

菊治没有进夫人的家门，下车的时候，夫人冰冷的手指在菊治温暖的手掌中仿佛瞬间消失。

当天半夜两点左右，文子打来电话。

“是三谷少爷吗？家母刚才……”她说到这儿，顿了一下，然后清楚地说道，“去世了。”

“什么？令堂……怎么回事？”

“去世了。心脏停搏。近来她每天都要吃很多安眠药。”

菊治说不出话来。

“现在，我想求您一件事。”

“嗯。”

“如果您有关系很好的大夫，请带他来一趟。”

“大夫？是大夫吗？很急吧？”

菊治大为惊愕，难道一直没请大夫到家里去吗？他猛然间明白过来了。

夫人是自杀。文子让菊治请大夫，就是想掩盖这个真相。

“我知道了。”

“拜托您了。”

文子一定是经过深思熟虑后，才给菊治打这个电话的。然后一字一句审慎严谨地讲了该办的事。

菊治坐在电话机旁，闭上眼睛。

在北镰仓旅馆与夫人共度良宵后，在回家的电车上所看到的夕阳，蓦然浮现在脑海中。

那是池上本门寺[①]的林中落日。

殷红的夕阳掠过森林的树梢流淌而去。

森林在晚霞燃烧的天空中，显得幽暗。

树梢上流淌的夕阳渗透进疲惫的眼睑，堵住了他的眼珠。

此时，仿佛稻村小姐那包袱皮上的千只白鹤在残留于眼睛里的晚霞映照的空中翩跹飞舞。

①池上本门寺，位于东京都大田区的日莲宗寺院。寺格为大本山。日莲上人圆寂的地方，所以是日莲宗十四灵迹寺院之一，也是七大本山之一。

志野陶[1]

①志野陶，岐阜县美浓制作的陶器，桃山时代为盛，多为茶具。表面施有厚厚的白色半透明常石釉，釉下绘有简朴图案。本文的“绘志野”是志野烧（陶器）的一种。

一

菊治在太田夫人头七后的第二天去了她家里。

如果下班以后再去，就得到傍晚，所以他打算早点儿走。可是一旦要出门，他又心神不定，犹豫不决，一直等到快天黑了才出门。

文子在玄关迎接菊治。

“啊！”

文子跪下，双手扶地，抬头望着菊治，两只胳膊似乎使劲支撑着颤抖的肩膀。

“谢谢您昨天送来的花。”

“不客气。”

“送了花，我以为您不会来了。”

“是吗？不过也有先送花，后来人的吧。”

“不过，我倒没有想到。”

“昨天我到附近的花店……”

文子坦然地点了点头：“花束上没有署名，但是我立刻就知道是您送的。”

菊治想起来，昨天他站在花店的各色鲜花之间的时候，怀着对太田夫人的思念。

他还想起，花香一下子缓解了他对罪愆的恐惧。

此时此刻，文子也同样温柔地接待自己。

文子穿着白地棉布衣服，未施粉黛，只是在略显干燥的嘴唇上淡抹口红。

菊治说道：“我觉得昨天不来为宜。”

文子的双膝往边上一斜，示意菊治进屋。

文子在玄关应对致谢，似乎是为了不让自己哭出来，但如果再继续说下去，恐怕会控制不住泪水。

文子从菊治的身后站起来，说道：“昨天收到您的花束，您不知道我有多高兴。其实昨天您也可以来的嘛。”

菊治尽量保持轻松的语气说道：“昨天你家亲戚都在，我不想给他们不好的印象。”

文子明确说道：“我根本就不考虑这些。”

客厅里，骨灰罐前面摆放着太田夫人的遗像。

只有菊治昨天送来的花束供奉在前面。

这出乎菊治的意料。文子把其他人送的花都处理掉，只留下菊治送的花束吗？

不过，菊治也感觉到，头七大概比较冷清吧。

“是净水罐吧？”

文子明白菊治说的是插着花束的瓶子是茶道的净水罐。

“是的。我觉得非常合适。”

“好像是高档的志野陶。”

不过，作为净水罐使用的话，这个属于小型的。

罐里插着洁白的玫瑰和浅色的康乃馨，花束的形态与罐子的形状相得益彰。

“家母也经常插花，没有卖掉，就留下来了。”

菊治坐在骨灰罐前面，点香，合掌，瞑目。

菊治向太田夫人谢罪。然而，他的心里流淌着对夫人之爱的感激之情，仿佛现在还沉浸在她的娇宠之中。

夫人是自觉罪愆深重，无术逃脱而自绝此生的呢；还是因为情爱弥笃，无法自拔而以命殉情的呢？夫人是死于爱还是死于罪？菊治想了一星期，也百思莫解。

此时，菊治坐在夫人的骨灰罐前，脑海里浮现出夫人的丰姿体态，令人销魂的玉体香艳温馨柔媚地萦绕在心间。说来奇怪，正是由于夫人的缘故，菊治才觉得这样的感受极其自然。夫人给予自己的触摸的感觉在心中唤醒，这不是雕刻式，而是音乐般的感觉。

夫人走后，菊治常常夜不能寐，于是喝酒吃药助眠，却还是睡浅梦多。

不过，做的并非噩梦，反倒是梦醒之际，回味甘美，令人陶醉。梦醒之后，依然是心迷神醉的感觉。

菊治觉得不可思议，竟然还能在梦境之中感受与一个死者的肌肤之亲。以他浮浅的经验而言，根本无法想象。

“我是一个罪孽深重的女人啊。”

夫人在北镰仓旅馆共宿的那天夜晚，在来到菊治家的茶室里时，都说过这句话。然而，这反倒诱发出夫人愉悦的战栗和呜咽。同样，今天坐在夫人的骨灰罐前，菊治思考着导致夫人死去的原因，如果说这就是罪孽，那么，夫人的话语声音就回响在自己的耳畔。

菊治睁开眼睛。

文子在自己的身后啜泣。她好像是吞声忍泣，漏出一声，立即掩饰。

菊治坐着不动，问道：“这是什么时候的相片？”

“五六年前拍的，放大的相片。”

“是吗？不是点茶时候的相片吗？”

“哦，您知道得这么清楚。”

这是一张脸部放大的相片，衣襟合缝处下面、两肩的肩端都被剪掉了。

文子问道："您怎么知道这是点茶时候的相片？"

"我是凭感觉。你看，目光朝下，好像在做什么事的表情。虽然看不到肩膀，但可以看出她的身体在用力。"

"稍稍从侧面拍，我还不太看好，但其实这是母亲非常喜欢的相片。"

"一种宁静的感觉，好相片。"

"不过，我觉得侧面照还是不太好，别人上香的时候，好像没看着人家。"

"哦，那倒是。"

"脸扭向一边，还低着脑袋。"

"是的。"

菊治想起夫人死去前一天点茶的情景。她手持茶勺，却泪水滴落，濡湿茶釜的肩部。菊治走过去，端过茶碗。喝完茶的时候，茶釜上的泪珠才干。就在菊治放下茶碗的时候，夫人一下子倒在他的膝盖上。

"拍这张相片的时候，家母已经有点儿发胖。"文子嗫嚅说道，"而且，这张相片很像我，摆在这里，怎么说呢？总觉得难为情。"

菊治猛然回头看着文子。

文子的目光立刻垂落下来，而这双眼睛刚才一直凝视着菊治的后背。

菊治离开灵前，面对文子。

然而，菊治需要对文子说什么道歉的话吗？

好在插花的物件是志野陶的净水罐，菊治轻轻地双手支撑，身体前倾，观赏茶器。

透过白釉，渗出淡红，这种白里透红的富有光润的表面给人清冷而又温馨的感觉，菊治伸手抚摸。

“柔和如梦，我喜欢这种高品位的志野陶。”

他本想说“柔和如女人之梦”，但没有把“女人”说出来。

“如果您喜欢的话，那就送给您，作为对家母的纪念。”

“岂敢。”

菊治慌忙抬起头。

“您要是真喜欢，请拿走。妈妈也会很高兴的。而且东西本身好像也不错。”

“当然是好东西。”

“我也听妈妈这样说过，所以就把您送的花插在里面了。”

菊治情动于衷，热泪盈眶。

“那我就收下了。”

“妈妈也一定会高兴的。”

“可是我还没有用净水罐插过花，只能拿它当花瓶使用。”

“妈妈用它插过花，这就行了。”

“即使插花，也不是茶道的花，茶具要是脱离茶道，未免感觉悲凉。”

“我也不想继续学茶道了。”

菊治回头看一眼，就势站起来，把壁龛旁边的坐垫挪到外廊上，坐下来。

文子刚才一直都在菊治身后稍远的地方，直接跪坐在榻榻米上。

现在菊治挪动了位置，结果文子就变成坐在客厅的中间。

她双手的手指稍稍弯曲，放在膝盖上，大概因害怕而颤抖，便握拢手指，说道：“三谷少爷，请您原谅家母吧。”然后她深深地低下头。

就在她低头的瞬间，菊治觉得她的身子也会跟着倒下去，不禁大吃一惊，说道：“哪儿的话，要说请求原谅的话，也应该是我。我觉得，我说不出‘请您原谅’这句话。我都不知道怎么向你道歉，我对文子小姐深感惭愧，我都没脸见你。”

“要说惭愧，应该是我们。”文子面带羞涩道，“我真想就此消失。”

从素颜的两颊到白皙修长的脖颈，顿时红晕微染，透出劳神疲惫的心力交瘁。

脸上淡淡的血色反倒令人感觉她似乎患有贫血。

菊治感到痛心：“我觉得，不知道令堂有多么恨我。”

“恨您？有吗？我妈会恨三谷少爷吗？”

“不，可是，难道不是我导致她死去的吗？”

“我认为，母亲是自己的选择。她去世以后，我独自思考了一个星期。”

“你一直一个人在家里吗？”

“嗯。以前本来就是我们母女两个人一起生活。”

“还是我导致了她的离去。”

“是她自己的选择。如果您还说是您导致的，那还不如说是我导致的。不能因为母亲的去世，就必须恨什么人，要是那样的话，首先就是恨我自己。但是，如果旁人认为自己有责任，感到后悔，那么母亲之死就变成一种黑暗，就成为一个污点，留给后人的反省和懊悔都会成为死者的沉重负担。”

“也许你说的是正确的。但如果我没有遇见令堂的话……”

下面的话，菊治难以启齿。

“对死者来说，只要她能得到别人的宽恕，就死而无悔。母亲也许想得到别人的宽恕才这样死去。事到如此，您能宽恕家母吗？”

文子说完，起身离开。

听了文子的话，菊治觉得自己脑子里的一张帷幕已经落下。

他想，这样不是也可以减轻死者的重负吗？

由于人死而烦闷苦恼，这无异于诅咒死者，不是犯下诸多浅薄愚蠢的错误吗？死者不会把道德强加于生者。

菊治又看着夫人的遗像。

二

文子端着茶盘进来。

茶盘里放着两个圆筒形茶碗，一个是赤乐，一个是黑乐。①

她把黑乐茶碗放在菊治面前。

沏的是粗茶。

菊治端起茶碗，瞧着碗底的“乐”印记，随口问道：“谁的作品？”

“我想是了入②。”

“红的也是吗？”

“是的。”

“是一对啊。”

菊治看着红茶碗。红茶碗就放在文子的膝盖前面。

圆筒形茶碗用来喝茶十分方便，但菊治忽然产生一种不愉快的想象。

文子的父亲死后，菊治的父亲还健在，他到文子母亲这里

---

①赤乐、黑乐，都是乐烧陶器的一种。乐烧是桃山时代具有代表性的茶碗之一，为乐家初代长次郎（？—1625）继承千利休的茶道理念所烧制。挂铅釉，低温烧制。一般分为“黑乐”与“赤乐”两类。利休追求庄重肃穆，所以偏爱黑色。

②了入（1756—1834），乐家第九代传人。

来的时候，两个人曾经也使用这一对乐烧茶碗喝过茶吧？文子母亲把黑茶碗给菊治父亲，自己使用红茶碗，这难道不是一对夫妻茶碗吗？

如果是了入的作品，那也用不着珍惜，也许可以成为他们冥途幽会的茶碗。

如果文子明知这一对茶碗的来历，今天却故意拿出来接待菊治，那未免太戏弄人了。

但是，菊治并不认为这是文子拐弯抹角的嘲讽，也不是她居心叵测的图谋，只是一个少女单纯的感伤。

而且，这种感伤也感染了菊治。

文子母亲之死也许让文子和菊治都感到疲惫不堪，所以无法抗拒这种不同寻常的感伤，而这一对乐烧茶碗让菊治沉溺于与文子共同的悲伤之中。

菊治的父亲与母亲、母亲与菊治之间的关系，以及母亲之死，文子都一清二楚。

现在，也只有他们二人同谋掩盖文子母亲自杀的真相。

文子沏茶的时候似乎哭过，眼角微红。

“今天我来对了。”菊治说道，“刚才你说的话，我也可以理解为死者与生者之间已经不存在是否宽恕的问题，但是，我能否重新认为，我已经得到令堂的宽恕了呢？”

文子点点头：“否则，家母也得不到您的宽恕，尽管家母不宽恕自己……”

“可是，我到这儿来，与你这样相对交谈，觉得有点儿可怕。”

“为什么呢？”文子看着菊治，“您是觉得她不该死吗？我也这样认为，她死去的时候，我也非常伤心难过，心想不论受到多大的误解，死本身绝不会为她洗白。死是对一切理解的拒绝。谁也不能原谅这一点。”

菊治没有说话，但是他知道，文子也在思考探究死的奥秘。

死是对一切理解的拒绝，菊治听到文子的这句话，深感意外。

就现在而言，菊治所理解的夫人与文子所理解的母亲大相径庭。

文子无法理解作为女人的母亲。

而对菊治来说，宽恕别人也好，被别人宽恕也好，他只是荡漾在女人肉体的那种梦幻般的涟漪中的感觉。

菊治从这一对黑与红的乐烧茶碗中也感受到陶醉于梦境般的波动。

文子不理解这样的母亲。

从母亲体内出生的孩子，不理解母亲的身体，这种感觉似乎很微妙，但是，母亲的身形体态非常微妙地遗传给了女儿。

从文子在玄关迎接菊治开始，他就感受到绵绵柔情，文子温柔的圆脸上仿佛叠印着母亲的面庞。

如果说夫人从菊治的脸庞上发现他父亲的面庞而做错了事，那么，菊治觉得文子的长相与其母酷似，那完全就是令人战栗的诅咒，但菊治依然顺从地接受这种诱惑。

只要看一眼文子那干燥的下嘴唇，菊治就觉得无法和她进行任何争论。

菊治产生这样的念头：该怎么做才能表示对这位小姐的反抗呢？

“令堂太善良，所以活不下去。”菊治说道，“不过，我对她未免太狠心了。有时候把自己道德上的愧疚，以那种方式强加给她。因为我这个人怯弱、卑微……”

“不，是家母不好。她这个人很差劲。无论是与令尊，还是与菊治少爷，我都觉得母亲的性格不应该是这样……”

文子说话支支吾吾，脸色绯红，气色比刚才好多了。

她稍微转过头低下去，似乎在躲避菊治的目光。

“母亲去世后的第二天开始，我逐渐发现母亲变得非常美。其实，也不能说是我发现的，而是母亲自然而然变得美起来的吧。”

“对死者来说，恐怕都是一样的。”

“也许是母亲觉得自己丑陋，无法忍受，才去死的。”

“我看未必。”

“而且她过度忧郁苦闷，坚持不下去了。”

文子泪水流淌，她大概想说母亲对菊治的爱情吧。

“死者已经永存我们心中，所以要倍加珍惜。”菊治说道，“可是，大家都死得太早了。”

文子应该知道菊治嘴里的“大家”指的是他们的双亲。

菊治又接着说道：“你我都是独生子女。”

说完这句话，他立刻意识到，如果太田夫人没有文子这个独生女，他与夫人之间的事将会封闭在一个更加黑暗扭曲的情绪里。

菊治终于说道：“我听令堂说的，文子待家父也很亲切。”

菊治装作自然而然说出来的口气，他想，父亲作为太田夫人的情人经常出入这个家庭，和文子交谈应该没什么问题的。

但是，文子即刻跪坐下来，双手按在榻榻米上，说道：“请您宽恕。妈妈实在太可怜了……从那个时候开始，妈妈随时都准备死去。”

说罢，文子伏在榻榻米上，一动不动，泣不成声，肩膀无力松弛。

因为菊治的来访事先没有告知，所以文子在家里没穿袜子。她现在全身蜷缩，将双脚的脚掌掩藏在腰身后面，头发散乱在榻榻米上，几乎触碰到赤乐的圆筒形茶碗。

文子双手捂着满脸泪水走出去。

过了一会儿，不见文子回来，菊治便说道：“那我现在告辞了。”

说罢，他走到玄关。

文子怀抱着一个用包袱皮包裹的小包出来："把这个带回去吧。一路麻烦。"

"哦？"

"志野陶。"

文子把净水罐里的花取出来，把水倒掉，擦干，装在盒子里，然后用包袱皮包好。菊治看着她手脚麻利干活的样子，大为惊讶。

"今天就让我带走吗？不是还要插花吗？"

"您带走吧。"

菊治心想，正因为文子心情太过悲哀，才那样快速收拾包裹的吧。

"那我就收下了。"

"您拿走就可以，这样我就不用上门了。"

"为什么？"

文子没有回答。

"那我告辞了。你多保重。"

菊治正要出门的时候，文子说道："谢谢您。哦，家母的事情就不要放在心上了，您就早点儿结婚吧……"

"你说什么？"

菊治回头看着她，但文子没有抬头。

三

志野陶净水罐拿回家后，菊治还是插上了白玫瑰和浅色的康乃馨。有一种情绪总是纠缠着他，好像夫人去世以后，他才开始爱上夫人，情思困扰于心。

而且，这种爱恋似乎通过夫人的女儿文子得以确认。

星期天，菊治试着给文子打了个电话。

“还是一个人在家吗？”

“是的。觉得很寂寞。”

“老是一个人可不行。”

“嗯。”

“好像从电话里也能听出你家里寂然冷清的样子。”

文子悄然一笑。

“叫你的朋友过去，怎么样？”

“可我总觉得别人一来，母亲的事情就会被人知道。”

菊治无言以对。

“你一个人，也不方便外出吧？”

“那倒不至于，锁上门就可以出去。”

“那你可以到我这儿来吗？”

“谢谢。过几天。”

“身体怎么样？”

“瘦了。”

“睡眠好吗？”

“晚上几乎难以入睡。”

“这可不行。”

“过些日子，我想把这房子处理一下，到朋友家里租房住。”

“过些日子，是什么时候？”

“要等这房子卖出去的时候。”

“卖房子？”

“嗯。”

“你真打算卖掉？”

“是的。您觉得卖掉不好吗？”

“哦，是嘛。我也想把我的房子卖掉。”

文子没有说话。

“喂，电话里商量这种事说不清楚。我星期天在家，你能过来吗？”

“好哇。”

“你送给我的志野陶，我插上了西洋花。你要是过来，就把它当作净水罐使用……”

“您想点茶？”

“说不上点茶，不过，志野陶不作为净水罐用一次，总觉得太可惜了。而且茶具要和其他的茶具搭配使用，这样才能相映生辉，相得益彰，显示出真正的茶具之美。”

“可是，比上一次您见到我的时候，今天我更加寒碜，就不去了。”

“又没有别的客人。”

“可是……”

“是吗？”

“再见。”

“那你多保重。哦，好像有人来了，那就这样……”

来客原来是栗本千佳子。

菊治表情僵硬，担心刚才的电话被她偷听。

“在家里闷得慌，好不容易碰上好天气，就出来走走。”

千佳子打招呼的时候，眼睛就盯上了志野陶。

“马上就要入夏了，茶会也进入闲暇期，所以就想到您这里的茶室坐坐。”

千佳子将手上的礼物点心和一把扇子递给菊治。

“这茶室还有霉味吧？”

“是吧。”

“这是太田家的志野陶吧？我欣赏一下。”千佳子漫不经心地说着，朝插着花的志野陶方向膝行过去，双手按着榻榻米，低下头，骨骼粗大的肩膀怒冲冲地凸显出来，摆出一副像是要破口大骂的架势。

“是您买的吗？”

“不，是送的。”

“这个？送这么贵重的东西给您，大概是作为遗物纪念的吧？”千佳子抬起头，转过身，说道，“这种东西，还是购买为好，小姐送给您，那就很可怕的哦。”

“哦，我考虑一下。”

“您还是购买吧。太田家的各种茶具都弄到这里来，可是，令尊全部都是买下来的，即使照顾太田太太以后也是如此……”

“我不想听你说这些事。”

“好，好的。”千佳子忽然轻快地站起来。

菊治听见千佳子和女佣说话的声音，然后穿着烹饪服走出来，冷不丁袭击过来：“太田太太是自杀的吧？”

“不是。”

“是吗？我可是有这种直觉。那个人身上总是缠绕着一股妖气。”

千佳子看着菊治。

“令尊也说过，那个女人根本不明事理。当然，在我们女人眼里，感觉又不一样。她总是一副天真纯洁的样子，可是跟我们完全就不是一路人。黏糊糊的……”

“人死了，你就不要说她的坏话了。”

“话是这么说，可是这个人不是连您的婚事都要破坏吗？就是令尊，也被她折磨得够苦的了。”

菊治心想，感觉受苦的应该是你吧。

父亲与千佳子相好，时间短暂，有点儿逢场作戏的感觉，后来对她冷淡，原因并不在太田夫人，但父亲一生都和太田夫人保持着良好的关系。千佳子对这个太田夫人该是何等仇恨啊。

“像菊治少爷这样的年轻人，对那种女人可能不了解。她死了也好，不是就不会祸害您了吗？真的……”

菊治扭过脸，不想理睬她。

“这个女人连菊治少爷的婚事都从中作梗，真叫人忍无可忍。肯定连她本人都觉得自己坏透了，无法抑制魔性的爆发，才死去的。就这人的德行，她以为死了以后还会见到令尊呢……”

菊治不由得打了一个寒战。

千佳子走到庭院，说道：“我也到茶室去养心静气。”

菊治看着花，半晌不动。

洁白、淡红的花色与志野陶的釉色融为一体，如霞如霭。

菊治的脑海里浮现出在家里独自呜咽饮泣的文子的身影。

母亲的口红

一

菊治刷完牙，回到卧室，看见女佣已经把牵牛花挂花[1]插在葫芦花器里。

“我要起床了。”

他嘴上这么说，身子却继续钻进被窝里。仰面躺在枕头上，侧过脑袋，看着挂在壁龛角上的花朵。

“有一朵已经开了。”女佣退到隔壁的房间道，“今天您还休息吗？”

“嗯，再休息一天。可是，我要起床了。”

菊治感冒头痛，有四五天没去公司上班了。

“这牵牛花，哪儿摘的？”

“院子边上，缠在襄荷上面，就开了一朵。”

这牵牛花大概是自生自长的，常见的蓝色，藤蔓纤细，花

①挂花，插花的一种形式。将花盆挂在墙壁、柱子、壁龛等上面的插花。

和叶都很小。

但是，绿叶、蓝花从古色古香的黑红漆葫芦花器里垂挂下来，给人清爽的感觉。

父亲在世的时候，女佣就在家里侍候，所以多少也会一点儿插花。

挂花的花器上能看到涂漆变薄的花押，褪色的插花盘上也有“宗旦”[①]的字样，如果这是真品的话，这个葫芦花器应该有三百年的历史了。

菊治不懂茶道的插花，女佣自然也是一无所知，不过，牵牛花似乎很适合早晨的点茶。

想到传世三百年的葫芦与朝荣夕悴的牵牛花组合在一起，菊治久久地凝视着。

他还是觉得同样是三百年前的志野陶净水罐，更适合插满满的西洋花吧。

但是，插花的牵牛花究竟能保持多长时间呢？菊治难免有点儿不安。

女佣侍候他吃早饭时，菊治说道：“那牵牛花，我以为眼看着就会枯萎，其实不是这样。”

“是吗？”

①宗旦，即千宗旦（1578—1659），千利休的孙子。江户时代前期的茶人，千家流的第三代传人。终生不仕，提倡茶禅一味。其子各立门户，形成表千家、里千家、武者小路千家三派，延续至今。

菊治想起来，他曾打算在文子送给他的作为对她母亲纪念的志野陶净水罐里插牡丹花。

他拿到净水罐的时候，已经过了牡丹的花期，不过，也许在什么地方还有尚未凋谢的牡丹。

“我都忘了家里还有这么个葫芦花器，难得你找出来。”

“嗯。”

“你是不是见过老爷子在葫芦里插牵牛花啊？”

“没有。因为牵牛花和葫芦都是藤蔓植物，所以我想搭配在一起……”

“哦？原来是藤蔓植物……”

菊治笑了笑，有点儿失神。

菊治看报纸的时候，感觉脑袋昏昏沉沉的，便躺在起居室里。

“被窝还没收拾吧？”

女佣正在洗东西，听见菊治这么一说，擦着手走进来：“我先打扫一下。”

打扫好以后，菊治走进卧室，壁龛里的牵牛花不见了。葫芦花器也没有挂在壁龛上。

“哦。”

大概花即将枯萎，女佣不想让菊治看到吧。

虽然女佣的牵牛花和葫芦都是“藤蔓植物”的说法令人忍

俊不禁，但父亲生活的规矩在女佣的言谈举止中都还保留了下来。

然而，志野陶净水罐依然摆放在壁龛的正当间。

如果文子这时候进来，一定会觉得如此对待志野陶太简慢了。

菊治刚把净水罐拿回家的时候，立即插上白色的玫瑰和浅红色的康乃馨。

因为文子在母亲灵前净水罐里插的就是这两种花，而这两种花正是菊治在文子母亲头七那天供奉的鲜花。

菊治抱着净水罐回来的路上，经过昨天委托给文子家送花的那家花店，又买了同样的花。

但是，后来，菊治只要抚摸一下净水罐，就会怦然心跳，所以就不再插花。

有时他在路上行走，看见中年妇女的背影，会身不由己地受到强烈迷惑，待到恍惚的神志清醒过来，不免黯然惆怅，自言自语地痛骂自己“简直就是犯罪”！

其实从昏眩入迷的状态中清醒过来以后，再仔细一看，那背影并不像太田夫人。只不过腰肢丰盈，略微相似而已。

就在这瞬间，菊治感觉到一种令人战栗的渴望；但又在同一瞬间，他感觉到一种甘甜的陶醉和惊惧，二者重叠在一起，仿佛令他从犯罪的瞬间惊醒过来。

“是什么东西让我产生犯罪的念头？”

菊治说出这句话，像是要甩掉这个“什么东西”，但无人回答，只有渴望与夫人相见的欲念充满心间。

死者肌肤的触感时常栩栩如生地在菊治心中复活，所以，他觉得，如果不能逃脱这种幻觉，那自己也就无可救药了。

有时他也想，也许是道德的谴责导致自己的官能病态化。

菊治把志野陶净水罐收进盒子里，然后上床了。

他看了一眼庭院，听见雷声。

虽然很远，但激烈轰鸣，而且越来越近。

闪电开始划过庭院的树木。

可是，骤雨先至，雷声渐远。

骤雨敲打地面，溅起泥土。滂沱大雨。

菊治起床，给文子打电话。

对方回答：“太田小姐已经搬走了……”

菊治目瞪口呆：“什么？——对不起，失礼了……”

莫非文子已经把房子卖出去了？

“您知道她搬到哪里去了吗？”

“哦，请稍等。”

接电话的大概是女佣。她很快回到电话机旁，将写在纸上的地址念给菊治听。

文子的房东名叫“户崎”，也有电话。

菊治拨打过去，听见文子爽朗的声音："让您久等了，我是文子。"

"文子小姐吗？我是三谷。刚才给你家打过电话。"

"真对不起。"她压低声音，酷似她母亲的声音。

"什么时候搬过去的？"

"嗯，哦……"

"不能告诉我吗？"

"前些日子把房子卖了。现在暂时住在朋友这儿。"

"嗯。"

"要不要通知您，我一直犹豫不定。刚开始的时候，我不打算告诉您，认为不该告诉您。可最近又后悔我的决定，觉得应该告诉您。"

"本来就是应该的。"

"哎呀，您也是这么想的吗？"

菊治在和文子通话的过程中，觉得自己的心灵被洗涤干净，神清气爽。原来打电话也会有这样的感觉吗？

"每次看着你送给我的志野陶净水罐，就想见你。"

"是吗？其实家里还有一个志野陶，是小型圆筒茶碗。当时本想和净水罐一起送给您，但是因为母亲用它喝茶，茶碗边缘上还留着母亲的口红印痕，所以就没有……"

"哦？"

“妈妈是这么说的。”

“令堂的口红一直留在志野陶上不掉吗？”

“不是不掉。妈妈说，这种志野陶本身就是淡红色，口红染上碗口以后，很难擦干净。妈妈去世以后，我看那碗口，还真有一处显得格外红。”

不知道是否说者无意，但菊治则听不下去了，便岔开话题：

“我这儿下了一场雷阵雨。你那边呢？”

“我这儿也是瓢泼大雨。电闪雷鸣，吓死我了。”

“下雨以后，天清气爽。我在家里休息四五天，今天也在家里。你要是方便的话，能过来吗？”

“谢谢。即使我想去拜访，但也打算先找到工作以后。我想出去工作。”

没等菊治回话，文子又说道：“接到您的电话，我很高兴。我现在就去拜访，虽然我觉得以后不该去见您……”

阵雨过后，菊治让女佣收拾被窝。

菊治没想到今天一个电话就把文子请过来，颇感惊讶。

然而，更出乎菊治意料的是，听到文子的声音后，对自己与太田夫人关系的罪恶感消失得无影无踪。

难道女儿的声音让他感觉到她的母亲依然活在世间？

菊治刮胡子时把带有肥皂沫的胡子甩到庭院树木的叶子上，让雨滴濡湿。

中午过后，有人来访，菊治一心以为是文子，走到玄关，一看原来是栗本千佳子。

“哦，是你呀？”

“天热了，好久没有问候，今天来看看您。”

“我身体不大舒服。”

“这可不行。看您脸色也不是很好。”

千佳子紧蹙额头，看着菊治。

菊治心想，文子要来的话，应该是穿西服，怎么自己听到木屐声，就错以为是文子呢？

“你是治牙了吗？看似年轻多了。”

“梅雨天，有闲工夫……不过，牙齿弄得有点儿白，很快就会恢复自然的。”

千佳子走过菊治刚才睡觉的客厅，一眼看见壁龛。

菊治说道：“什么都没有，很清爽吧？”

“哦，都因为这梅雨天。不过，要是摆点儿花就更好……”千佳子转过身，问道，“太田家的志野陶，你打算怎么处理？”

菊治没回答。

“退回去，不是很好吗？”

“那得由我做主。”

“那也未必。”

“至少用不着你指手画脚吧？”

“那也未必。”

千佳子露出雪白的假牙，笑着说道：“今天我来，就是来规劝您的。”

说罢，她忽然伸出双手，像是要把什么东西赶走那样地挥动起来：“我要把这家里的妖气魔性统统驱赶出去……”

“你别吓唬人。”

“今天，我作为一个媒人，要对您提出几个要求。”

“如果你说的还是稻村小姐的事，那就对不起了，我难以从命。”

“哎哟喂，您就说看不上我这个媒人，可也别抛弃这桩美满的婚事呀，那岂不是胸襟肚量也太小了吧？媒人搭桥，您只管在桥上走。令尊当年不也这样轻巧自在地利用我吗？”

菊治板起面孔。千佳子一旦无所顾忌地说起话来，总有端着肩膀的习惯。

“那还用说，我和太田太太是不一样，我分量轻啊。这种事其实用不着隐瞒，我还想找时间和您说说。可遗憾的是，在令尊外遇的人群里，我都数不上。露水鸳鸯而已……”

千佳子低下头继续说道：“可是，尽管如此，我并没有心怀怨恨，后来，令尊只是在他需要的话，随心所欲地利用我。……男人嘛，利用与自己有关系的女人，得心应手。当然，也因为与令尊的关系，我学会了丰富的做人知识。”

“哦。”

“所以，您要充分利用我丰富的做人知识。”

菊治被她的这一番高论所吸引，对她逐渐放下戒心。

千佳子从腰带间抽出扇子：“太男人气，或者太女人气，都不可能具备健康丰富的做人常识。”

“哦？这个常识是中性的吗？”

“你这是讽刺挖苦吗？但是，一旦变成中性，男女的心理便暴露无遗。太田夫人是母女两人过日子，您不奇怪她怎么就这么心甘情愿地抛下女儿而死去吗？我琢磨着啊，她是不是心怀叵测，自己死后，让您照顾她的女儿呢？”

“你说什么呢？”

“我是认真考虑的，想着想着，这个疑问忽然间闪过心头。您想啊，太田夫人就是用她的死来妨碍搅乱菊治少爷您的亲事。所以，她的死非同寻常，必有阴谋。”

“这是你的胡思乱想，荒唐得很。”

菊治嘴上这么说，但千佳子的这个怪诞想法还是掠过心头，如闪电飞掣。

“菊治少爷把稻村小姐的事告诉太田夫人了吧？”

菊治知道她会这样问，便装聋作哑：“不是你给太田夫人打电话，告诉她说我的亲事已经定下来了吗？”

“哦，是的。是我告诉她的。我对她说不要妨碍这桩亲事。

当天晚上，她就死了。”

菊治沉默着。

“可是，我给她打电话，您怎么知道的？她对您哭诉了？”

菊治意外遭到她的偷袭。

“对吧？她在电话里还啊啊地叫嚷起来。”

“如此说来，太田夫人好像是被你杀死的。”

“菊治少爷这么想，您随意吧。我已经习惯于当反面人物了。令尊根据需要，早已把我调教成一个充当冷酷的反面人物的人了。当然不是为了报恩，今天我到这里来就是要当一个反面人物。”

菊治听得出来，千佳子似乎无所顾忌地发泄她埋藏心底根深蒂固的妒忌和仇恨。

“至于那些背后的事情，你不要过问……”千佳子眼皮垂下，像是看着自己的鼻子，“您觉得我是令人厌恶的、多管闲事的女人，这没关系……我只是希望您尽快地远离那个魔性女人，缔结良缘。”

“你能不能不说什么良缘这类话吗？”

“好的，好的。我也不愿意把您的事与太田夫人扯到一起。”千佳子的声音柔和下来，“我也没有说太田夫人就是坏人啊……她只是祈愿自己死后，在不声不响之中，将女儿托付给菊治少爷。”

“又开始胡说八道了。”

“我说的不是事实吗？您认为她生前一次也没有想过要把女儿嫁给您吗？您要是不这么认为，那您也太糊涂了。她这个人没日没夜就想着令尊一个人，要说纯情嘛，也真纯情，一天到晚生活在亦真亦幻之中，也把女儿卷进去，最后连自己的命都搭上了……可是，在旁人看来，就像妖怪作祟，恶魔诅咒，张开一张恐怖的魔性之网。”

菊治和千佳子两目对视。

千佳子把小眼睛向上翻到上眼皮。她的目光死盯着菊治，菊治只好把脸扭向一旁。

被千佳子劈头盖脸地一顿教训，菊治也感到畏怯胆寒，那是因为他原本就有弱点，才对千佳子的奇谈怪论感到胆战心惊。

太田夫人生前是否就一直期盼菊治与女儿文子成婚呢？菊治想都没想过，也不敢相信。

千佳子是出于嫉妒才使得她信口开河的吗？

这完全是千佳子如她胸脯上黑痣般丑恶的胡猜乱想。

然而，这个怪论却像一道闪电掠过菊治的心间。

菊治感到害怕。

难道自己就没有期盼过吗？

太田夫人过世之后，自己的心就转移到她女儿身上，虽说世间也有此事，但是一边还依然陶醉于她的肌肤之亲，神魂颠倒，一边却在不知不觉中倾心于她女儿，居然自己没有意识到，这难道不是成为魔性的俘虏了吗?

如今想起来，菊治与太田夫人相会以后，自己的性格完全为之一变。

好像变得有点儿麻木。

这时，女佣进来禀报:“刚才太田家的小姐来了，她说你这里有客人，改日再来……”

“哦? 回去了吗? ”

菊治站起来，走到外面。

二

“刚才……”

文子抻着白皙修长的脖颈仰望着菊治。

从喉咙到胸部的凹陷处，呈现出淡黄色的阴影。

不知道是光线的映衬，还是她自身的疲惫憔悴，这浅色的阴影让菊治心情平静。

“栗本来了。”菊治淡然相告。他走出来的时候有点儿紧张，一看到文子，心情顿时轻松下来。

文子点了点头:“因为我看到师傅的阳伞了……”

“哦，是这把阳伞吧? ”

那是一把长柄的灰色阳伞，靠在玄关。

“要不你先到茶室里等一会儿，栗本那老太婆很快就走的。”

菊治嘴上这么说，心里对自己的做法产生怀疑，既然知道文子要来，为什么没有把千佳子打发回去呢？

“我倒没什么……”

“是吗？那请吧。”

文子像是不知道千佳子对她怀有敌意的样子，走进客厅的时候，还跟她打招呼，并且对她吊唁母亲表示感谢。

千佳子就像观看弟子们的茶道练习时候的样子，左肩稍微抬起，挺起胸脯，说道：“你母亲也是一个温雅之人——可是，这个世间，温雅之人难以活下去，所以感觉是晚花凋谢。”

“家母也不是那么温雅的。”

“以后文子小姐就独身一人了，你母亲也放心不下你。”

文子垂下眼睑，紧咬下唇。

“一个人也挺冷清的，茶道方面差不多该开始了。”

“嗯，好……”

“可以排遣一下寂寞。”

“其实，我已经没有学习茶道的资格了。”

“怎么能这么说呢？”

千佳子把交叠放在膝盖上的双手松开：“梅雨天好像已经过去了，我呢，今天过来，就是给这家里的茶室通通风。”说罢，她瞟了菊治一眼："文子小姐也来了，你看怎么样？"

"啊？"

"我想用一下你母亲的纪念遗物志野陶……"

文子看着千佳子。

"今天缅怀一下你母亲的往事。"

"可是，我不想在茶室流泪哭泣……"

"哈，哭吧，没关系的。菊治少爷的太太很快就要住进来了，到那时候，我也就不能随意进出这间茶室了，虽然这是给我留下很多回忆的茶室……"

千佳子微笑一下，严肃说道："和雪子小姐的婚事已经定下来了。"

文子不露声色地点了点头。

然而，与她母亲极其相似的那张圆脸呈现出疲惫的神色。

菊治说道："还没定的事情，不要提，这样给对方添麻烦。"

"我是说一旦定下来的话……"千佳子把话顶了回去，"好事多磨，所以，文子小姐，这件事定下来之前，你就什么也不要打听了。"

"嗯。"文子又点了点头。

千佳子把女佣叫来，站起来打扫茶室去了。

"这个树荫下，树叶还是湿漉漉的。小心点儿。"庭院里传来千佳子的声音。

三

菊治说道："早晨给你打电话，你都能从电话里听到下雨的声音吧？"

"电话里能听见雨水的声音吗？我没在意。这庭院的下雨声，电话里能听见吗？"

文子把视线移向庭院。

从树篱的那头，传来千佳子打扫茶室的响声。

菊治也望着庭院，说道："我也不觉得能从电话里听到你那边的雨声，不过，后来倒是感觉出来了。很大的雷阵雨。"

"是，我特别害怕打雷……"

"对，对，你在电话里也这么说过。"

"就连这些小事，我和妈妈都非常相像。一打雷，妈妈就用和服的长袖子包住我的脑袋。夏天出门的时候，妈妈总是说今天会不会打雷啊，还不时望着天空。现在遇到打雷的时候，我有时候还用长袖子捂着脸呢。"

文子从肩膀到胸口都浮现出若隐若现的娇羞之色。

"我把那个志野陶带来了。"

她站起来，走出去。等她回到客厅的时候，将包裹的茶器放在菊治的膝盖前面。

但是，菊治有点儿犹豫，文子便把包裹拉到自己跟前，从盒子里取出茶碗。

菊治说道："乐烧的筒状茶碗，好像令堂用它喝茶。也是了入的吗？"

"是的。妈妈说，赤乐也好，黑乐也好，用来喝粗茶或者煎茶，色彩光泽都不搭配，所以经常使用这个志野陶茶碗。"

"是呀，用黑乐茶碗喝茶，粗茶的颜色就看不见了……"

但是，菊治还是没有伸手拿起志野陶圆筒形茶碗观赏，文子见状，说道："大概还不是高档的志野陶吧……"

"不。"

菊治还是没有伸手。

正如今天早晨文子在电话中所说的那样，这个志野陶茶碗的白釉上隐约透着几分浅红，仔细观赏，仿佛觉得红色是从白色中浮现出来。

而且碗口呈浅茶色，有一处颜色稍深。

这一处大概就是太田夫人喝茶的地方。

碗口残留一些茶垢，不过也可能是嘴唇接触后的痕迹。

再用心观赏浅茶色，菊治发现从中有红色渗透出来。

正如文子在电话里所说，那大概是文子母亲的口红浸润进去的缘故。

这样想来，菊治发现这茶碗有一种茶色和红色混杂在一起渗透进去后呈现的色泽。

那色泽如同褪色的口红，又宛若枯萎的红玫瑰。而且，当菊治觉得它像是沾在什么东西上面的干涸陈旧的血迹时，有一种难以言喻的怪异。

他感受到令人作呕的龌龊，同时也感受到心迷神醉的诱惑。

茶碗本身呈青黑色，描绘着宽叶草，草叶间有的地方露出茶褐色。

草叶单纯、坚韧，大概能唤醒菊治病态般的官能。

茶碗的整体形态端庄大气。

“好东西！”

说罢，菊治伸手端起来。

“我也不懂，只是妈妈喜欢，经常用来喝茶。”

“女性用来喝茶也是有品位的。”

菊治从自己的这句话里再次真切地感受到对文子母亲这个女人的眷恋。

那么，文子为什么要把沾有母亲口红的志野陶茶碗拿到这里来呢?

文子是出于单纯的天真，还是由于不在乎别人的感受，菊治不得而知。

但文子身上有一种委曲求全的东西传递给了菊治。

菊治在膝盖上转动着茶碗仔细观看，但是他避免自己的手指碰到碗口的口红。

“收起来吧。栗本那老太婆要是看见，又会胡说八道些什么，讨人嫌。”

“好的。”

文子把茶碗放进盒子里，包好。

看样子文子带来是打算送给菊治的，但没有机会表示。也许菊治未必看得上这件东西。

文子又把包好的茶碗放回到玄关边上。

千佳子从庭院弯着身子走上来。

“把太田家的那个净水罐拿出来好吗？”

“还是用我们家的吧，而且太田小姐今天也在……”

“说什么呢？就是因为今天她在，才要用志野陶呢，这是她母亲的遗物纪念，可以缅怀她的往事。”

菊治说道：“可是，你不是恨她的母亲吗？”

“我干吗要恨她？虽然我们性格不合，可哪有怨恨死人的啊？因为性格不合，所以我对她不了解，但反过来，我有时候能看透她。”

“看透别人好像是你的老毛病。”

“那您应该做到不让我看透。”

文子上到走廊，坐在门框边上。

千佳子端起左肩，回头说道："哦，文子小姐，能用一下你母亲的志野陶吗？"

文子回答道："嗯，请用吧。"

菊治从壁柜里把刚刚收藏进去的净水罐重新拿出来。

千佳子麻利地把扇子插进腰带里，抱着净水罐的盒子往茶室走去。

菊治也来到门框边，道："今天早晨在电话里听说你搬家了，叫我大吃一惊。卖房子这些事，都是你一个人处理的吗？"

"是的。不过，买主是我的熟人，所以比较简单。他是暂住大矶，房子很小，他说想换一点儿大的。这房子再小，我一个人住也不合适。我要是去工作上班，租房住最方便。所以，现在暂时就借住在朋友家里。"

"工作定了吗？"

"还没有。到了这个紧要关头，才知道自己没有一技之长……"文子微笑道，"本想找到工作后，再来拜访您。我现在没有家，没有职业，漂泊不定，生活无着，这个时候来拜访您，太凄惨了吧。"

菊治想说，就是在这种时候，你才要来呢。但是他没有说出来，他以为文子孤孤单单一个人，但看上去并不显得那么落寞。

"我也想把这房子卖了，不过，磨磨蹭蹭的，还没有动手。我是有卖掉的打算，雨水槽也没有修理，榻榻米这个样子，席子的表面也无法更换。”

文子率直地说道：“这栋房子，您准备用来结婚的吧，到那时再……”

“你是听栗本说的吧？你觉得我现在能结婚吗？”

“是因为家母吗？如果家母让您这么伤心，不过，所有事情都过去了……”

四

千佳子对茶室的事情驾轻就熟，很快就准备好了。

她问菊治：“您看这样子与净水罐是不是很搭配呢？”

菊治对茶室几乎一无所知，所以没有回答。文子也不作声。菊治和文子只是看着志野陶净水罐。

这个净水罐曾经摆放在太田夫人的灵前用来插花，今天算是回归它原本的用场。

净水罐曾经是太田夫人的东西，现在却被栗本千佳子摆弄来摆弄去。太田夫人死去以后，这个东西由女儿文子继承，再由文子送给菊治。

这就是净水罐的奇妙的命运，但作为茶具也许都是这样的吧。

在归太田夫人所有之前，这个净水罐已经具有三四百年的历史，这期间，由什么人传给什么人之手呢？这就是命运之手的传承。

“放在茶炉和茶釜旁边，志野陶依然是美人。”菊治对文子说道，“可是，它的强劲的身姿一点儿也不输于铁器。”

志野陶的白色釉面从深处透射出圆润的光泽。

菊治在给文子的电话中说，一看到这个志野陶，就想和她见面，莫非她母亲的白皙肌肤里深蕴着坚忍的意志吗？

天热，菊治把茶室的隔扇打开。

文子身后就是窗外，枫叶青翠。重重层叠的枫叶暗影落在文子的头发上。

文子修长的脖颈以上的部分，映照在窗户的亮光里，像是今天第一次穿上短袖上衣露出来的胳膊白中泛青。她并不胖，但肩膀圆润，胳膊也丰腴饱满。

千佳子端详着净水罐，说道：“净水罐不用于茶道，就失去了生命力。用来插西洋花，太可惜了。”

文子说道：“家母也用它插过。”

“你母亲的遗物净水罐到这儿来，就像做梦一样，不过，她一定很高兴吧。”也许千佳子的话语带着几分挖苦嘲讽的意思。

但是，文子毫不在意地说道：“家母也用来插花，再说了，我以后也不学茶道了。”

“那别这么说。”千佳子一边环顾茶室一边说道，“我坐在这间茶室里，就感觉神清气定，可以环视四周。”然后她又看着菊治说道：“明年就是令尊五周年忌日，那天举办一个茶会吧。”

“好。把所有的赝品茶具统统摆出来，把客人叫来，那一定很有意思。”

“您说什么呢？令尊的茶具没有一件是赝品。”

“是吗？不过，全部是赝品的茶会那才叫有趣。”菊治对文子说道，“我总觉得，这间茶室里弥漫着一股发霉的臭气，只有通过全部是赝品的茶会，才能把妖气驱除干净。这既是我对亡父的冥福追善，也是我与茶道的缘分断绝。其实，我很早以前就已经与茶道绝缘了……”

“您的意思是说，我这个老太婆很烦人，老是到茶室歇脚吧。”千佳子使劲儿地用茶筅搅拌抹茶。

“嗯，是这么个意思。”

“我可不能让您这么说。当然，如果您结上新缘，断掉旧缘也未尝不可。”

说罢，她很不客气地把茶碗递到菊治面前。

千佳子对文子说道：“文子小姐，听了菊治少爷的玩笑话，不觉得你母亲的遗物来错地方了吗？我看到这个志野陶，仿佛看见净水罐里映照出她的面容。”

菊治喝完茶，放下茶碗，看了一眼净水罐。他感觉那涂着黑漆的盖子上映照出千佳子的身影。

但是，文子呆坐一旁，没有说话。

菊治不明白，不知道文子是对千佳子逆来顺受呢，还是对千佳子视若无睹？

文子与千佳子一起坐在茶室里，文子并没有表现出不愿意的神情，这本身就令人感觉不可思议。

千佳子谈论菊治的亲事，文子也没有表现出拘谨不自然的样子。

千佳子一直对文子母女怀恨在心，话里话外都在侮辱中伤文子，但文子没有流露出反感。

难道文子沉溺于过度的悲伤里，对外面的一切都置若罔闻吗？

难道母亲之死对她打击过重，以至于超越了外界的一切吗？

或者说她继承了母亲的性格，对人对己都忍辱负重，委曲求全，像一个纯洁无瑕的姑娘？

但是，菊治好像并没有表现出努力保护文子，不让她受到千佳子的憎恨毁谤的态度。

菊治忽然意识到这一点，自己都觉得奇怪。

菊治看着千佳子最后给她自己点茶、喝茶的样子，也觉得她的模样有点儿怪异。

千佳子从腰带里拿出小手表，说道："这手表太小了，我这老花眼看得太费劲……要不，您把令尊的怀表送给我吧。”

菊治反驳道：“他没有怀表。”

“有。他经常使用呢。去文子小姐家的时候，也总是戴着怀表。”千佳子故意装出一副满不在乎的样子。

文子垂下眼睑。

“是两点十分吗？两根针重叠在一起，看不清楚。”

千佳子一下子来了干活的劲头。

“稻村家的小姐组织了一帮人，今天下午三点要学习茶道。去她家之前，我就顺便过来一下，想听听菊治少爷的回话，这样我心中有数。”

“那就请你明确回绝她吧。”

“好的，好的。”千佳子依然笑着掩饰尴尬的心情，“稻村小姐的那些人打算很快就利用这间茶室学习。”

“那就让她把这栋房子买下来吧。反正我最近要出手的。”

千佳子不理会菊治，转而对文子说道：“文子小姐，我们一起去好吗？”

“是。”

“那我赶紧收拾一下。”

“我来帮您。”

“是吗？”

但是，千佳子也不等文子，自己就迅速走进水屋。

听到水声，菊治低声对文子说道："你就算了吧，不要跟她一起走。"

文子摇摇头："我害怕。"

"用不着害怕。"

"我还是害怕。"

"那就和她走到那儿，然后你就回去。"

文子又摇了摇头，抻了抻膝盖后面的夏装裙子的皱褶站起来。

菊治以为文子没站稳，打算从下面伸出手去扶她一把。文子满脸通红。

千佳子刚才说到怀表的事，文子的眼睛有点儿发红，这羞涩的面容如盛开的鲜花。

文子抱着志野陶的净水罐走进水屋。

"哎呀，你到底拿的还是你母亲的东西呀。"从里面传来千佳子沙哑的声音。

双　星

一

栗本千佳子到菊治家里，对他说道，文子和稻村小姐都已经结婚了。

夏季时节，傍晚八点半天还很亮，菊治吃过晚饭，随意躺卧在外廊边上的客厅里，观赏着女佣买来的萤火虫笼子。萤火虫发白的亮光逐渐变黄，天色也就暗了下来。但是，菊治并没有起身去开灯。

菊治请了四五天的假，跑到野尻湖那边朋友的别墅里玩，今天才回来。

他的朋友已经结婚，生了个孩子。菊治没有接触过婴儿，不知道这孩子出生多少天，也不知道这些天数的孩子是大还是小，心里无底，所以谈起孩子来不知道该怎么说。

他说了一句："这孩子发育得挺好的。"

结果朋友的妻子回答道："哪里呀，刚出生的时候，个头很小，太可怜了。最近才长起来的。”

菊治在孩子面前挥了挥手，说道：“怎么不眨眼睛啊？”

“看得见，眨眼睛还要过一段时间。”

菊治以为孩子出生已经好几个月了，其实刚满百天。年轻的主妇头发稀薄，脸色发青，似乎依然残留着产后的憔悴。菊治见她这个样子，也能理解。

朋友一家人一切都以孩子为中心，菊治在这样的夫妇生活之中，显然觉得自己多余。可是在回家的火车上，看上去性情温和的主妇无精打采地抱着孩子，那有气无力的消瘦身影浮现在菊治的脑海里，一直不肯退去。他们原先和父母兄弟住在一起，这第一个孩子出生不久，小两口就搬到湖畔的别墅单住了，现在已经习惯了小家庭的生活，大概心情十分平和，已经到了没有任何想法的状态。

现在菊治躺卧在外廊边上，回想起这个主妇的身影，仿佛有一种神圣的悲哀般的亲切感。

就在这时，千佳子来了。她毫不客气地走进房间，道：“哎哟，躺在这么黑的地方……”

她坐在菊治脚边的外廊上，道：“单身汉就是可怜，躺在这里，连个开灯的人都没有。”

菊治刚才一直缩着两条腿，突然间很不高兴地坐起来。

“您躺下来吧。”

千佳子右手做出让菊治躺下来的手势，然后又规规矩矩地致意，说是去了一趟京都，回来的途中拐到箱根，在京都的家元[1]那里，见到茶道道具店的大泉先生。“因为久未见面，便谈到令尊的话题，真是畅所欲言。他说要带我去看看当年三谷先生幽会的旅馆，便领着我到木屋町的一家小旅馆。令尊应该带着太田夫人在那里住过吧。大泉还让我在那里住一宿。说话真是不动脑子。想到令尊和太田夫人这两个人都已经过世，我住在那里，也许半夜会吓得发抖的。”

菊治心想，说这种话的千佳子才真正是不动脑子，但他没有吱声。

千佳子对菊治明知故问：“菊治少爷也去过野尻湖吗？”

她刚才一进门，就向女佣打听过。这个女人从来都不要女佣通报，无所顾忌地直接进门，这是她一贯的作风。

菊治满脸不悦地说道：“我刚回来。”

“我三四天前就回来了。”千佳子硬邦邦地说道，左肩兀然拱起，“但是，一回来，就发生了令人非常遗憾的事情，叫我震惊错愕。完全是我的疏忽，我都觉得没脸见您。”

千佳子说的事情是稻村家的小姐结婚了。

菊治也大吃一惊，但好在外廊黑暗，没有被千佳子看到，

①家元，指舞蹈、茶道、插花、歌舞伎、音曲等日本传统艺术流派的创始人或现任大师。

他便装作若无其事的声调问道：“嗯？什么时候？”

千佳子挖苦道：“听您这口气，好像与您无关似的。真沉得住气。”

“本来就是，我不是多次拒绝过与雪子小姐的亲事了吗？”

“嘴上这么说，您只是对我才摆出这种态度，本来一开始就不上心，倒是我这个爱管闲事的老太婆自以为是，独断专行，胡搅蛮缠，给人的感觉非常坏。可是，您说说，那个小姐是不是很好？”

“你又胡说了。”菊治简直笑喷了。

“您说，您对那位小姐还是很满意吧？”

“是个不错的小姐。”

“这一点我早就看出来了。”

“不错的小姐，但不一定就想和她结婚啊。”

但不管怎么说，听到稻村家的小姐结婚的消息后，菊治的内心还是受到猛烈的撞击，产生了一种强烈的渴望，在脑子里尽可能地描绘小姐的面容。

菊治见过雪子小姐只有两次。

一次是在圆觉寺的茶会上，千佳子为了让菊治见到雪子小姐，故意让小姐点茶。她的点茶动作干净准确，气质文雅，她身后的隔扇上，映照着嫩叶的影子，光亮反射在她长袖和服的肩膀和袖兜上，连满头乌发都光泽鲜亮。这个印象依然留在菊治的心中，但她的容貌想不起来了。当时她手持的小红绸巾，还有前往寺院里面的茶室时身穿的淡红色绉绸和服以及手持绘有白色千鹤图案的包袱皮，都清晰地浮现眼前。

另一次是雪子到菊治家那一天，千佳子点茶。小姐的和服系着绘有鸢尾花的图案腰带，她身上的余香残留在茶室里，一直到第二天依然袅绕犹闻，这一切虽然历历在目，身影却难以捕捉。

菊治甚至无法描绘出三四年前过世的父母亲的容颜，直到看了相片，才能领悟追忆起来。也许越是亲近之人，越是所爱之人，越难以回忆描绘，而丑陋的东西反倒清晰地留在记忆里。

雪子的眼睛、脸颊如一道白光是抽象性的记忆，而千佳子从乳房到心窝的黑痣如癞蛤蟆则是具体的记忆。

虽然此时外廊已经黑暗，但菊治知道，千佳子大概穿的是小千谷绉麻布[①]和服长衬衣，即使在明亮的地方，也不会透过衣服看到黑痣，但是这颗黑痣印刻在菊治的记忆里。因为黑暗看不见，反而看得更清晰。

“既然认为是一个好姑娘，怎么能这样轻易放走呢？稻村雪子小姐在这个人世间是独一无二的。您花费终生的力气去寻找，也找不到同样的人。这么简单的道理，菊治少爷难道不明白吗？”千佳子用训斥的口吻说道，“缺少经验，眼光太高。您瞧，菊治少爷与雪子小姐就这样改变了人生。小姐对这桩婚事

①小千谷绉麻布，新潟县千谷市出产的苎麻织成的绉布。

的态度是很积极的，现在，小姐嫁给别人，要是她将来人生不幸，不能说你菊治少爷就没有责任。”

菊治没有回答。

“小姐的容貌，您都看得清清楚楚。难道您忍心小姐过几年以后依然后悔没有和您结合、只能空想您吗？”千佳子的话语居心歹毒。

既然雪子已经结婚，千佳子为什么还要这样说三道四呢？

“那是萤火虫笼子吗？怎么现在还有……”千佳子突然伸长脖子，“差不多到秋虫鸣叫的季节了。怎么还有萤火虫呢？简直就跟幽灵一样。”

“女佣买来的吧。”

“女佣嘛，也就这样吧。但如果您从事茶道，就不会出现这样的事，茶道很讲究日本的季节感。”

千佳子这么一说，看上去萤火虫的亮光的确也有点儿像磷火。菊治想起野尻湖岸边的虫鸣。萤火虫能活到现在这个时节，的确不可思议。

“如果您有了太太，就不至于出现这种不合时令的事情了。”千佳子突然流露出岑寂的表情，说道，“我把稻村家的小姐介绍给您，说实在的，是我对令尊的感恩效劳。”

“效劳？”

“是呀。像您现在这样，躺在黑乎乎的外廊上，呆呆地看着萤火虫，所以连太田家的文子小姐也都结婚了。”

“什么时候？”

菊治听到这个消息，比听到雪子结婚的消息时更让他惊骇，他也没有刻意掩饰这种震撼。不过，千佳子似乎发现，菊治的神情显示出他对此并不相信。

“我从京都回来一看，简直不可置信。这两个人就像约好的一样，迫不及待地把自己嫁出去了。年轻人办事太草率了。”千佳子说道，“我本以为文子小姐嫁出去以后，就不会有人来妨碍您的婚事了，没想到稻村家的小姐比她更早就嫁出去了。现在，我在稻村家都丢尽了面子，这都怪您优柔寡断。”

但是，菊治还是难以相信文子已经结婚的消息。

“太田夫人至死都一直骚扰菊治少爷，现在，文子小姐结婚以后，那个太太的妖气魔性就从这家里消失了吧。”千佳子把视线转向庭院，继续道，“您应该赶紧把庭院的树木好好修整一下，弄得清爽一点儿。您的房间黑黢黢的，就是枝叶过于茂盛，树枝疯长的结果，长期缺乏管理的缘故，让人觉得郁闷憋屈。”

父亲死后的四年里，菊治从没有叫花木匠来修整，任由树木狂长，白天也让人感觉到太阳余热闷在密不透风的绿叶里的气味。

“女佣也不洒水吧？这些事，您吩咐她办不就行了吗？”

“你少管闲事。”

尽管菊治对千佳子的唠叨都蹙眉皱额，心烦得很，但还是任由她滔滔不绝讲个没完没了。每次见到她，都是这样。

千佳子虽然说话气人，但也会讨好菊治，试探他的心事。菊治对她的这一套伎俩早已习以为常，有时公开反驳，有时暗中警戒。千佳子对菊治的言行也都了然于心，一般都装聋作哑，不予理睬，但有时也表现出心知肚明的样子。

千佳子很少说出乎菊治意料的气话，她只是把菊治自我嫌恶的情绪所产生的想法捅出来。

就说今天晚上千佳子把雪子和文子结婚的消息告诉菊治，就是为了观察他的反应。菊治心想，这女人有何居心？自己可不能麻痹大意。千佳子把雪子介绍给菊治，其本意就是离间菊治和文子的关系，让文子远离菊治，可是现在两个姑娘都已经结婚，菊治下一步有什么想法，虽然未必有千佳子的用场，但是她还是想了解菊治今后的心路。

菊治本想站起来把客厅和外廊的电灯打开，他感觉到这样在黑暗中与千佳子说话本身就不合适，而且两人并不是什么亲密的关系。连庭院树木的修整都指手画脚，菊治只是觉得这是她的一贯做法，也不放在心上，充耳不闻就是了。可是，一旦要站起来去开灯，菊治又嫌麻烦。

千佳子进房间的时候，嘴上也说屋里太暗，可自己也不去开灯。这些细小琐事，千佳子原本都手脚勤快地动手，也是她的职业习惯所养成的。可是现在，看来千佳子已经不想对菊治尽心尽力照顾了，或者由于她年龄增大的缘故，亦有可能是当上茶道师匠摆出的派头？

“京都的大泉，托我捎个口信，说是如果您想出售茶具的时候，他愿意办理。”千佳子平静说道，“菊治少爷错过了与稻村家小姐联姻的机会，不过今后仍然要奋发振作起来，开辟新生活，这样的话，也许茶具会有用武之地。我从令尊时代开始承办的事情，以后就不会有了，虽然感觉寂寞，但我时而还是要来这茶室，只是为了通通风而已。”

直到此时，菊治才看透千佳子的真实意图。

千佳子的目的显而易见。由于菊治不能与雪子结婚，千佳子已经对菊治失去希望，最后她把眼睛盯在茶具上，于是她和京都的茶具店商人大泉合谋要把菊治的所有茶具弄出来。

尽管菊治心里恼火，但更多的感觉是减轻了负担。

“我都想卖掉房子，也可能过一阵子会委托你们的。”

千佳子补充道：“他是与令尊这一代人有过交情的，终归可以放心。”

菊治心想，千佳子大概比自己更了解家里的茶具情况。也许这正是她的如意算盘。

菊治看着茶室方向，前面有一株很大的夹竹桃，满树白花盛开。夜的黑暗，他只是看到一片朦胧的白，分不清天空与树木的界限。

二

下班时刻，菊治正要走出办公室，电话声把他招了回来。

“我是文子。”

对方声音很小。

“哦，我是三谷……”

“我是文子。”

“嗯，我知道。”

“给您打电话，实在失礼了。但如果不打电话道歉的话，就来不及了。”

“哦？”

“其实，我昨天给你寄了一封信，可是忘记贴邮票了。”

“哦？还没有收到……”

“我在邮局买了十张邮票，就把信寄出去了。可是回家一看，邮票还是十张。你看我多糊涂。所以，我想，在您收到信之前怎么向您道歉……”

“这点儿小事，不必介意……”菊治一边回答，一边想这封信大概是结婚通知书吧，“是告诉我喜讯的信吗？”

“啊？平时都是电话联系，给您写信还是第一次，心里犹豫着要不要寄出去，结果不小心忘记贴邮票了。”

“你现在在哪里？”

“打公用电话，在东京站……有人在外面排队等着呢。”

“公用电话？”菊治还是憋不住，说道，“恭喜你了。”

“什么？承蒙您的关照，终于……可是，您怎么知道的？”

“栗本告诉我的。”

“栗本师傅？她怎么知道的？这个人真可怕。”

“可是，你后来没有见过她吧？就是上一次在电话里听见雷阵雨声以后……”

“您是这么说的。那个时候，我搬到朋友家里住，要不要通知您，也拿不定主意。这一次也是……”

“还是通知我为好。我也是听栗本说的，心里犹豫着要不要向你道喜。”

“就这样销声匿迹，那就太没有人情味了。”文子说话的尾声与她母亲极其相似。

菊治沉默不语。

“也许不得不销声匿迹吧……”接着，文子又说道，“脏兮兮的六叠大的房间，同时工作也找到了。”

“什么？”

“这么大热天上班，挺累人的。”

“是呀。而且又是新婚不久……”

“什么？结婚？……您说结婚？”

“恭喜你了。”

“哎呀？我吗？怎么这样啊？”

“你结婚了吧？”

“哎呀，我吗？”

“不是结婚了吗？”

“没有。我现在哪有心情结婚啊？妈妈刚去世不久……”

“啊？”

“是栗本师傅这么说的吗？”

“是的。”

“为什么这么说啊？真不明白。三谷先生听了以后，就信以为真了吗？”

文子这句话好像也是对自己说的。

菊治突然明确说道：“电话里说不清楚，能见面吗？”

“可以。”

“我去东京站。你在那里等着。”

“可是……”

“要不然找个地方见面？”

“我不喜欢在外面和人约会，我上您家去吧。”

"那我们一起回去。"

"一起回去，那还不是约会吗？"

"能到我的公司来吗？"

"不了。我还是一个人去府上。"

"那好，我马上就回去。如果你先到的话，就进屋里等着。"

文子从东京站坐电车，应该比菊治先到。不过，菊治觉得可能会坐同一趟电车，便在车站拥挤的人群中边走边找。

结果还是文子先到。

菊治听女佣说文子在庭院里，便马上从玄关旁边出来，只见文子坐在白夹竹桃树荫的石头上。

千佳子来过以后，四五天里，女佣在菊治下班回来之前，使用庭院里的旧水龙头，给庭院洒水。

文子坐的石头，下半部分也被浇湿。茂盛的绿叶中盛开着红花的夹竹桃应该是酷暑盛夏的花朵，但这株夹竹桃开着白花，倒显得浓浓凉意。轻柔摇曳的簇簇白花环绕着文子的身姿，她身穿洁白的棉布衣服，翻领和口袋的边缘都用藏青色线条镶出一道细边。

夕阳从文子身后的夹竹桃上照射到菊治的面前。

"你来了。"

菊治亲切地走上前。

文子好像要比菊治先开口说话似的："刚才的电话，实在……"

文子缩着肩膀转身站起来，这个样子，也许给人等待菊治拉她的手的感觉。

“您在电话里说的那件事，所以我特意上门来，纠正的……”

“结婚？我非常惊讶。”

“惊讶什么？”

文子垂下眼帘。

“惊讶什么？就是说，听到你结婚的消息和听到你没有结婚的消息，我两次惊讶。”

“两次吗？”

“当然。”菊治踩着踏脚石边走边说，“从这儿上去吧。我说你先到的话，你进屋等着啊。”

菊治坐在外廊上。

“前些天，我旅行回来，在这儿休息的时候，栗本来了。晚上来的。”

女佣在屋里呼唤菊治，菊治离开公司的时候，打电话吩咐女佣准备晚饭，大概已经准备好了。菊治站起来，走进去，顺便换上一身白色上等麻布衣服。

文子来之前，大概也补过妆，现在等待着菊治入座。

“栗本师傅怎样说的？”

“她只是说听说文子小姐也结婚了……”

“那么，三谷少爷就轻信她的话了？”

"我哪想到她撒谎啊。"

"没怀疑吗？"

文子的黑眸中立刻充盈着亮晶晶的泪水。

"我现在这个样子，能结婚吗？三谷少爷认为我可以吗？妈妈和我都饱受痛苦，历经悲伤，现在突然伤痕累累……"

在菊治听来，仿佛文子的妈妈依然在世。

"妈妈和我天生对人善良温和，也相信别人能够理解我们。这难道只是一种幻想吗？只不过是将自己的身姿写照在心灵的水镜里罢了……"

文子泣不成声。

菊治沉默良久，说道："下雷阵雨那一天，我在电话里问过你，你觉得我现在可以结婚吗……"

"是雷电交加那一天吧？"

"对。今天是反过来你问我。"

"不是的。那是……"

"你经常问我：'您快结婚了吧？'"

"是的。因为三谷少爷与我截然不一样。"

"怎么不一样？"

"身份不一样……"

"身份？"

"对。身份不一样。如果说'身份'这个词不合适的话，那可以说是身世的阴暗吧。”

“你是说罪孽的深重吗？这应该是我吧。”

“不是。”

文子使劲摇头，泪水夺眶而出。但是，只有一滴眼泪意外地从左眼角流到耳旁，滴落下来。

“要说罪孽的话，母亲已经承负死去。但是，我不认为是罪孽，只是觉得母亲很可怜悲哀。”

菊治低下头。

“也许罪孽不会消失，但悲哀可以过去。”

“可是，你刚才说身世的阴暗，不就是把令堂之死说成阴暗的吗？”

“我觉得，还是说悲哀之深比较好吧。”

“悲哀之深……”

菊治本想说这与“爱之深”是同样的意思吧，但没有说出来。

“不要再继续探讨了，三谷少爷还要和雪子小姐结婚的，这就与我大相径庭。”文子把话题拉回到现实中来，“千佳子师傅好像一直以为母亲从中妨碍作梗，所以就说我结婚了，可见她也认为我对您的婚事也是一个干扰。我只能这样想。”

“可是，栗本说那个稻村小姐也结婚了。”

文子陡然松了一口气，但立刻使劲摇头：“撒谎……骗人的吧？这一定也是谎言。……什么时候的事？”

“稻村小姐吗？说是最近。”

“肯定是骗人的。”

“她说雪子小姐和文子小姐两人都结婚了，我反而在想文子小姐是真的结婚了吗？”菊治低声说道，“可是，或许雪子小姐的结婚是真的。”

“撒谎。这么热的天气，有人结婚吗？穿一层结婚礼服，就满身大汗。”

“是呀。夏天就没人结婚吗？”

“嗯，几乎没有……当然不能说绝对没有，但一般都推迟到秋天……”

文子润湿的眼睛又溢出新的泪水，滴落在膝盖上，她静静地凝视着膝盖上的泪痕。

“可是，为什么栗本师傅要这样撒谎呢？”

菊治也说道：“我真的上当受骗了。”

可是，这为什么会让文子落泪呢？

至少，所谓文子结婚就是彻头彻尾的谎言。

或许雪子真的已经结婚，千佳子为了让菊治远离文子，才故意编造出文子也已经结婚这样的谎言吗？菊治只能这样推测。

但是，推测归推测，还是没有根据，菊治仍然觉得，雪子的结婚也是一句谎话。

“总而言之，在无法判断雪子的结婚是真是假之前，也就无法判断千佳子是否在做恶作剧。”

“恶作剧……”

“哦，姑且说是恶作剧吧。”

“要是今天我不打这个电话，您就一心以为我结婚了。这个恶作剧太可怕了。”

女佣又叫喊菊治。

菊治拿着一封信走过来道：“你寄的信已经到了，没贴邮票……”说罢，他随手就要撕开。

“别，别，您别看……”

“为什么？”

“反正您别看，还给我。”文子膝行过来，想从菊治手里把信取回来，“还给我……”

菊治迅速地把手放到身后。

就在这个瞬间，文子的左手碰到菊治的膝盖上，用右手夺信。由于左右手的动作方向相反，失去身体的平衡，眼看着就要倒在菊治的身上，她赶紧伸出左手在身后支撑自己，右手使劲伸到菊治身后想抢回那封信。文子的身子往右扭着，侧脸差一点儿碰到菊治腹部上，不过她轻柔地避开，甚至左手也只是在菊治的膝盖上轻微地碰了一下。这细微的触碰怎么就能支撑住她向右扭曲、向前倾斜的上半身呢？

菊治感觉到文子身子失衡即将压过来的情景，整个身体不由得紧张僵直起来，但是，看到文子灵活柔软地化险为夷，他差点儿喊出声来。他强烈地感受到一个女人。他感受到文子的母亲太田夫人。

文子是在哪个瞬间闪开身子的呢？是在哪里松弛力量的呢？这是一种难以言喻的柔软。仿佛是女性本能的奥秘。菊治本以为会面临文子身体分量的强大压下，没想到只给自己留下一缕温馨的芬芳。

这是馥郁的芬芳。一个从夏天的早晨到傍晚一直不停工作的女人浓烈的体香。菊治感受到文子的体香，这依然是太田夫人的体香，是太田夫人肌肤的体香。

“哎呀，您还给我吧。”

菊治没有坚持。

“我把它撕了。”

文子把信封横过来，撕成细条。她的脖颈、她的裸露的胳膊汗水津津的。

刚才文子险些倒下而迅速闪身的时候，脸色瞬间苍白，当她坐起来的时候，脸色变红，现在沁出细汗。

三

从附近的饭馆叫外卖送来的晚饭，味道从来都是千篇一律，乏善可陈。

女佣跟往常一样，将志野陶圆筒茶碗摆放在菊治面前当作喝茶（泡茶）的用具。

菊治忽然发现文子早已看在眼里。

“哎哟，您用这个来喝茶。”

“嗯。”

“怎么这样呢？”

文子的声音倒不像菊治那么难为情：“我把这个东西送给您，感到后悔。我在信里提到了这件事。”

“怎么回事？”

“没怎么回事，就是把一件一文不名的东西送给您，表示歉意。”

“并不是一文不名。”

“它不是上乘的志野陶，妈妈平时只是用来喝茶（泡茶）。”

“我也不懂，这不是上乘的志野陶吗？”菊治拿起圆筒茶碗观赏。

“不过，比这好的志野陶茶碗多的是，您使用它喝茶，就会想起其他的茶碗，觉得别的更好……”

“好像我家里没有志野陶的小茶碗。”

“您家里没有，但是在别的地方看过。那么，您现在使用这个茶碗，就会想起别的茶碗，觉得那个志野陶更好，这样就会让妈妈和我很伤心的。”

菊治惊愕得了一口气：“我已经与茶道无缘，所以也不会去看什么茶碗。”

“这也难说，说不定碰巧什么机会又会看到，而且您过去也看过不少。”

“照你这么一说，给人送礼物只能是最好的东西啰。”

“那是。”文子扬起脸，正面看着菊治，“我是这么想的，在信里也说了，把它摔碎扔了吧。”

“摔碎？把这东西……”

文子步步紧逼，菊治步步为营：“这是志野的古窑烧制出来的，有三四百年的历史了。最早也许是在怀石等正式料理[1]的时候使用的，既不是茶道的茶碗，也不是泡茶的茶盅，但后来即使作为小茶碗（茶道）使用，也已经经历过漫长的岁月。这是古人珍藏的东西，世世代代传承下来。或许有的古人把它放在箱子里，一路长途旅行，风餐露宿。所以，不能像你信口开河那样，把它摔碎。”

茶碗的边缘上还渗透着文子母亲的口红印。

听说母亲对文子说过，口红染上碗口以后，很难揩擦干净。菊治得到这个志野陶茶碗后，也曾擦洗碗口格外发红的那一处，就是洗不掉。当然不是口红的颜色，而是淡茶色中带着微红，

①日本正规的高档料理，上第二道菜的器皿，一般盛放生鱼片、醋拌凉菜等。

不过认为是褪色的口红变成的陈色也未尝不可。另外，如果作为茶碗（泡茶）使用，因为饮茶时接触的碗口部位是固定的，也有可能是文子母亲之前的拥有者留下的余痕。不过，太田夫人将其作为茶盅使用，应该使用的次数最多。

菊治还在想：将茶碗作为茶盅（泡茶）使用，是太田夫人的主意，还是自己父亲的主意?

菊治还怀疑：太田夫人把了入的赤乐、黑乐一对圆筒形茶碗作为自己与菊治父亲的夫妻茶碗（泡茶）吧。

父亲将志野陶净水罐作为插花的花器，让夫人插上玫瑰和康乃馨，将志野陶圆筒形茶碗作为茶盅（泡茶）使用，父亲有时会将太田夫人视为美的象征吧。

他们离世以后，净水罐、圆筒形茶碗都来到菊治身边，如今文子也来到自己身边。

"不是我信口开河，真的请您把它碎了吧。"文子说道，"我把净水罐送给您，您很高兴地收下，所以我想到还有一个志野陶茶碗，当作茶盅（泡茶）也一并送给您，可事后就觉得很难为情了。"

"这个志野陶茶碗不应作为茶盅使用吧？不然太可惜了……"

"可是，比它更好的志野陶茶碗多的是，您一边使用它，一边惦记着别的更好的茶碗，我就觉得难过。"

"你不是说送给别人的都是最好的东西吗？"

"根据对象和场合也会有所不同的。"

文子的话让菊治感到震撼。

太田夫人的遗物，通过这个遗物让菊治回忆夫人、想念文子，或者让菊治将他能够最亲密接触的东西视为最好的东西，这会不会是文子为自己设想的呢？

文子一心希望最上乘的东西才是母亲的遗物，菊治理解文子的这个说法。

这无疑就是文子最高的感情，而现在这个净水罐就是证据。

这个冷艳而温馨、光泽明亮的志野陶表面就能让菊治怀念太田夫人。但是，正因为志野陶净水罐是最上乘的遗物，所以不会带有任何罪孽的阴暗和丑恶。

在菊治观赏志野陶净水罐这个最上乘的遗物时，感觉到太田夫人本人才真正是女人中最杰出的作品。这样的名作没有任何污点。

下雷阵雨那天傍晚，菊治在电话里对文子说，一看到净水罐，就想见她。因为是在电话里，他才可以这么说。听到菊治的这句话，文子说自己家里还有一个志野陶圆筒形茶碗，并把它送到菊治家里。

果然，这个圆筒形茶碗不像净水罐那么名贵。

"记得家父有一个旅行用的茶具箱……"菊治想起来，"那里面的茶碗肯定不如志野陶那么好。"

"什么样的茶碗？"

"我也没见过。"

"让我看看，肯定是令尊收藏的茶碗好。"文子说道，"如果这个茶碗比令尊收藏的茶碗差，那就把这个碎了。可以吧？"

"你这话会有危险。"

饭后的水果是西瓜，文子一边麻利地把西瓜子收拾起来，一边催促菊治，她想看茶碗。

菊治让女佣把茶室打开，自己走到庭院里，大概是寻找茶具箱吧，文子却跟在后面。

菊治回头对她说道："究竟放在哪里，我也不知道。栗本比我清楚。"

走到白花盛开的夹竹桃树下时，文子站在浓荫里，树根处露出她穿着布袜和庭园木屐的脚丫。

茶具箱放在水屋的架子上。

菊治走进茶室，把茶具箱放在文子的面前。文子心想菊治会解开外面的包袱，双膝并拢等待着。过了一会儿，她伸出手："让我打开吧。"

"积了一层灰尘。"

文子把包袱皮解开，菊治提着茶具箱站起来，手伸到庭院里把灰尘抖落。

"水屋的架子上，还有死蝉，都长虫了。"

“可是这茶室很干净啊。”

“嗯，前些日子栗本打扫过。就是那一天，她告诉我文子小姐和雪子小姐都结婚了……因为是晚上，大概蝉飞进来后就没出去。”

文子从箱子里取出看似茶碗的包裹，深深地弯下身子，轻微颤动的手指尖慢慢地解开茶具袋上的带子。

文子圆润的双肩收缩前倾，菊治从侧面俯视下去，修长的脖颈格外显眼。

文子一脸认真专注的神情，紧闭着略有兜齿的下唇，饱满匀净的耳垂，着实惹人怜爱。

文子抬头望着菊治：“这是唐津烧[①]。”

菊治也坐在她近旁。

文子把茶碗摆放在榻榻米上：“上乘的好茶碗。”

从外形上看，这属于圆筒形小号唐津烧，也可以用来当茶盅。

文子说道：“坚韧沉凝，比那个志野陶要好得多。”

“志野和唐津，这两个不可比……”

“可是，摆在一起就一目了然。”

菊治也被唐津烧的魅力所吸引，拿起来放在膝盖上观赏：“那把志野陶拿来看看吧。”

---

①唐津烧，近代开始在唐津（今佐贺县东部、长崎县北部一带）烧制的陶器的统称。品种主要有日用器具、茶器等。就茶碗而言，自古有“一乐二萩三唐津”的说法，为日本传统工艺品之一。

“我去取。”

文子站起来走出去。

志野陶与唐津陶的两个茶碗摆放在一起，菊治和文子情不自禁地忽然对视一眼。接着，他们又同时把目光落在茶碗上。

菊治有点儿慌神地说道：“这么一看，显然是男女一对茶碗。”

文子好像不便说话，只是点头。

菊治也对自己刚才的话感觉意外。

唐津陶不施彩绘，素色，青色中泛着枇杷色，还透着些许茜红，腰部鼓起，具有张力。

“令尊出外旅行都随身携带，足见为心爱之物，这也象征着令尊之为人性情啊。”

文子似乎并没有意识到自己话里的危险。

菊治没法说出“志野陶茶碗象征着太田夫人之为人性情”这句话。但是，两个茶碗并排摆在一起，就像菊治的父亲与文子的母亲心心相连。

三四百年前的茶碗，形态健美，不会诱发人们进行病态般的妄想，但是，它本身洋溢着生命力，甚至具有官能性。

菊治把这两个茶碗视为自己的父亲与文子的母亲，仿佛看到一对美丽的灵魂。

而且，茶碗的形态是现实的，自己与文子面对茶碗、相向而坐的现实也是纯洁无瑕。

太田夫人头七的第二天，菊治对文子说过，两人这样相对而坐也许非常可怕，今天，罪愆的恐惧也已经被两个茶碗洗涤干净了吗？

“真漂亮。”菊治自言自语，“家父的品位也不是很高，却喜欢摆弄茶碗，可能就是以此麻醉自己的罪孽吧。”

“什么？”

“不过，只要看一眼这个茶碗，就不会想起原先的主人有什么不好的地方。家父寿命短暂，大概也就是这个传世茶碗寿命的几分之一吧……”

“死亡就在我们的脚下。真可怕。虽然死就在自己脚下，但我想不能总是受到母亲之死的羁绊，也曾千方百计地想摆脱出来。”

菊治说道：“是这样的。为死者所累，就感觉自己也不在这世上。”

女佣提着铁壶进来。

她觉得菊治和文子在茶室里待这么长时间，想给他们准备开水。

菊治向文子建议道，唐津和志野的茶碗摆在这里，何不来一次旅行途中的点茶呢？

文子爽快地点点头。

“那就在母亲的茶碗摔碎之前，我使用一次，算是惜别吧。”

然后，她从茶具箱里把茶筅拿出来，走进水屋冲洗。

夏天的傍晚，天色尚未暗。

“就像是旅行途中……”文子一边用小茶筅搅拌着小茶碗一边说道，“旅行，是在哪里的旅馆呢？”

“不一定在旅馆，可能在河边，也可能在山上，可能用的是山谷的溪水吧，要是冰凉的溪水就更好……”

文子提起茶筅的时候，抬起黑眼珠瞟了菊治一眼，却又立刻把视线收回到掌心的唐津茶碗上。

接着，文子的目光与茶碗一起来到菊治的膝盖前面。

菊治感觉文子的眼波流转到他的身上。

文子把母亲的志野陶茶碗放在自己面前，用茶筅唰唰地搅动，却总是碰到碗口，只好停下来，说道：“这个好难啊。”

“因为碗小，所以不好搅动。”菊治这么一说，文子的手微微发抖。

文子的手一停下来，茶筅就无法在圆筒形小茶碗内搅动。她盯着自己绷得紧紧的手腕，沮丧地垂下脑袋。

“妈妈从来不让我点茶。”

“嗯？”

菊治突然站起来，像是救助被咒语束缚得无法动弹的人一样，抓住文子的肩膀。

文子没有拒绝。

四

菊治夜不能寐，等到从防雨窗板的细缝透进朦胧亮光的时候，他就起床走进茶室。

石制洗手盆前面的石头上，还留着志野陶的碎片。

志野陶茶碗被摔成四大瓣儿。菊治捡起来放在手掌上，拼起来还是茶碗的形状，只是缺少碗口的那一处，有一个大拇指般的缺口。

菊治心想这个缺口的残片应该还在，开始在石头周边寻找，但他又立刻停下来了。

菊治抬头看着东边的树林，从树木间能看见一颗很大的璀璨的星星。

这是晨星，黎明前的晨星，已经多年没见过了。菊治一边想着，一边站起来眺望，天空挂着薄云。

星光在云中闪耀，显得很大很亮，星光的边缘像被水濡湿一般。

菊治对着这晶莹明亮的晨星，觉得寻找捡拾茶碗的碎片，实在猥琐渺小。

于是，他把手中的碎片扔回地上。

昨天晚上，文子在菊治的劝阻后，很快就把茶碗摔碎在庭院的洗手盆上。

文子手拿茶碗，迅速从茶室里消失，菊治没有在意。

紧接着，他叫起来："啊！"

然而，菊治无法在昏暗中的石头地上寻找碎片，因为他必须先扶住文子的肩膀。文子蹲在摔碎的茶碗面前，整个身子就要朝着石制洗手盆倾倒下去。

文子自言自语："还有更好的志野陶。"

难道她担心菊治把这个茶碗与更好的志野陶进行对比，而心感悲伤吗？

在菊治彻夜未眠的时候，深切地感受到文子这句话所蕴含的哀切纯洁的余韵。所以在等到晨光薄明庭院以后，他出来查看被摔碎的茶碗。

但是，他把捡拾起的碎片放在掌心，在看到闪烁的晨星后，又把碎片扔掉了。

他抬起头，又"啊！"了一声。

星光消失了。就在菊治看着手上的茶碗碎片的瞬间，晨星躲藏到云朵背面了。

菊治久久地眺望天空，像是有什么东西被夺走一般。

其实云层并不厚，但还是看不见星星所在的位置。云层切断天空的边缘，天边仿佛压低在城市的屋顶，云彩的淡红越来越深。

“不能扔在这儿。”菊治自言自语，又拾起志野陶茶碗的碎片，揣进睡衣的怀里。

任碎片扔在地上，不闻不问，未免惨不忍睹，而且一旦被千佳子看见，她肯定又会兴师问罪。

因为文子执意要摔碎，菊治想不宜保存碎片，还是将其埋在洗手盆旁边吧。现在，先用纸把碎片包起来，放在抽屉里，然后，他又钻进被窝里。

文子大概担心菊治说不定什么时候拿这个茶碗与别的茶碗进行比较吧。

菊治想不明白，文子为什么会有这样的担心呢？

何况从昨晚开始，菊治根本就没有想过要拿什么人与文子进行比较。

对于菊治来说，现在文子是无法与任何人进行比较的绝对存在，已经成为他的决定性命运了。

菊治以前一直把文子视为太田夫人的女儿，如今似乎已经忘却。

母亲的身形体态完美地遗传给了女儿，这曾经诱发菊治进入离奇的梦境，而如今这个痕迹反而消失得无影无踪。

文子走出了长久笼罩的黑暗丑恶的帷幕之外。

是文子纯洁的伤痛拯救了菊治吗？

文子没有拒绝，只存在纯洁本身的拒绝。

其实，这才真正是坠入咒语束缚和麻醉的底端，但菊治反而感觉从咒语束缚和麻醉中逃脱出来。仿佛是吸毒者最后吸入极限剂量的毒品后反而被解毒一样的奇迹。

菊治上班以后，给文子的商店打电话。文子在神田的一家呢绒批发店工作。

文子没来上班。菊治昨夜没睡，一早就出来上班，难道文子还在睡懒觉吗？菊治心想，也许她对昨晚摔茶碗的事感到羞愧而今天关闭家中吧。

下午菊治又打了一次电话，文子还是没有来，菊治便向店里的人打听文子的住所。

昨天收到的信函里应该写有文子新搬家的地址，但是信函被她撕碎，塞进口袋里了。吃晚饭的时候，谈到工作的事，菊治才知道文子在一家呢绒批发店上班。菊治虽然知道批发店的店名，却忘记询问文子的住所地址。因为文子的住所似乎已经搬进菊治的身体里。

下班以后，菊治找到文子的住所。在上野公园后面。

文子不在家。

一个看似刚从学校回来、身穿水兵服式样校服的十二三岁的少女来到玄关，又走进屋里，然后走出来，说道："太田小姐不在家，她今天早晨说和朋友出去旅行。"

“旅行？”菊治问道，“是去旅行吗？今天早晨几点走的？她说去哪里了吗？”

少女又回到屋内，这次站在稍远的地方，回答道：“我也不知道。我妈不在家……”

少女显得有点儿害怕。这是一个眉毛稀薄的女孩。

菊治走到门外，回头看着房子，无法确认哪一间是文子的房间。这是一栋两层小楼，有一个狭窄的庭院。

菊治想起文子说过“死亡就在我们的脚下”，不由得双脚发麻。

菊治掏出手绢擦脸，越擦越觉得脸色苍白，可是他还是一个劲儿地擦。手绢开始濡湿发黑，他感觉后背冷汗流淌。

菊治对自己说道：“她应该不会寻死。”

文子让菊治获得重新生活的勇气，她本人应该不会去死。

但是，文子在昨天不是对死亡表现出坦然的态度了吗？

难道这种坦然的态度正是与她母亲一样，害怕自己是一个罪愆深重的女人吗？

“让栗本一个人苟活下去吧……”

菊治对着假想敌猛烈吐出一句恶言，步履匆匆地向公园的树荫奔去。

波千鸟

波千鸟

一

前往热海站迎接客人的车子通过伊豆山以后，画个大圆圈似的往下朝大海方向驶去。车子进入旅馆的庭院，沿着斜坡，玄关的灯光照射在车窗上。

旅馆的掌柜在此迎候，一边拉开车门，一边说道："请问您是三谷夫人吧？欢迎您光临。"

"是的。"雪子低声回答。

车子停在玄关门前，雪子坐的位置靠近玄关，今天刚刚举行了婚礼，她的姓第一次被别人称为"三谷"。

雪子略一犹豫，但还是先下车。她回头看着车里，等待菊治下车。

菊治正要脱鞋，掌柜对他说道："茶室已经准备好了。刚才接到栗本女士的电话。"

"啊？"

菊治一下子在低矮的玄关上坐下来。女佣慌慌张张拿着坐垫跑过来。

千佳子从心窝到乳房的黑痣如魔爪的印记在菊治的脑海里浮现出来。菊治正在解鞋带，仿佛抬起自己的脸就能看见这只恶魔的黑手。

菊治在去年卖掉房子，处理掉所有茶具，此后就没有与千佳子见过面，他以为这样子就疏远了与千佳子的关系，但是，现在看来，她还是插手了自己与雪子的这桩婚事。他根本没有想到，新婚旅行的住宿旅馆就完全是按照千佳子的意图指定的。

菊治看了一眼雪子，可是她似乎对掌柜刚才说的话没有在意。

他们被引领着朝大海的方向走过，在长长的回廊上行走，仿佛钻进狭窄的隧道，不知道何处是出口，在这条水泥建造的细长通道上，有几处台阶，途中的一侧还连着一间旁屋[①]，走到尽头，才是茶室的后门。

走过八叠大的房间，菊治正要脱外套，感觉身后像有雪子接衣服的动作，菊治自言自语般“啊”的一声，回头一看，雪子表现出作为妻子的温柔体贴。

桌脚边上，有一个炉子。[②]

---

①旁屋，在离主房很近的地方，独立建造的榻榻米小房间，用来做客厅、书房、茶室等。

②日本人会在茶室的榻榻米下面砌一个炉子。

“这是三叠大的正式茶席，水壶已经放在上面了。”掌柜放下两人的行李，说道，“没有什么好茶具……”

菊治惊讶地说道：“那边也是茶席吗？”

“是的。连同这间大的，一共四间茶席。和横滨三溪园[①]那个时候的布局一样，就是照原样搬过来的。”

“是吗？”

菊治似乎不懂这些。

“夫人，那边的茶席，您随时都可以使用……”

雪子正在叠自己的大衣。

“谢谢，一会儿再看。”雪子站起来，“大海真漂亮。轮船上的灯都亮了。”

“那是美国的军舰。”

菊治也站起来，走到窗前道：“美国的军舰进入热海了？”

“小军舰。”

“有五艘。”

军舰的中间部分亮着红灯。

热海市街的灯光隐藏在小小的海岬背后，只有在锦之浦一带才能望见。

女佣沏好茶，掌柜寒暄几句，便和女佣一起离去。

---

①三溪园，明治时代的富商原富太郎（1868—1939）于1916年在横滨市本牧创建三溪园，约17.5万平方米。其中的十栋古建筑为日本重要文化财（文化遗产与自然遗产）。

两个人观赏了一会儿大海的夜景，然后回到火盆旁边。

“真是可怜。”雪子把手提包拉到身边，从中拿出一朵玫瑰花，将压扁的花瓣轻轻展开。

在东京站上车的时候，雪子觉得怀抱花束有点儿难为情，便将花束交给来送行的人，只是摘了一朵花。

雪子把这朵花放在桌子上，然后看着摆放在桌子上的装有贵重物品的袋子，问道：“这怎么办？”

“贵重物品？”菊治把那朵玫瑰拿在手里，问道，“玫瑰？”

雪子看着菊治。

“不，我的贵重物品太大，装不进袋子，也不能寄存在别人那里。”

“为什么……”菊治刚一说出口，就意识到什么，“我的也无法存放。”

“那放到哪里了？”

雪子大概不能直接指菊治吧：“在这儿……”

说罢，她低头看着自己的胸前，不敢抬起头来。

从茶室那边，传来茶壶开水沸腾的声音。

菊治问道：“要看茶室吗？”

雪子点了点头。

菊治却说：“我不想看。”

“既然都已经安排好了……”

雪子进入茶室以后，按照茶道的礼仪，先欣赏壁龛。但是，菊治站在茶室入口的榻榻米上，不肯走进去，不快地讥讽道："你说人家已经安排好了，但是，这里的所有安排，不都是遵照栗本的指示吗？"

雪子回头看了一眼，然后跪坐在炉前，这是点茶的位置，她双膝朝向炉子，一动不动。这个姿势是等待菊治发话。

菊治也跪坐下来，双膝靠近炉边。

"我本来不想说，刚才在旅馆玄关的时候，一听到掌柜说栗本，我就大吃一惊。因为我所有的罪孽和悔恨都纠缠在这个女人身上……"

雪子似乎点了一下头。

"栗本现在还去你们家吗？"

"去年夏天，惹怒父亲，把她痛斥一顿以后，后来好久没有来了……"

"正是去年夏天，栗本对我说，雪子已经结婚了。"

"啊？"雪子像是想起什么似的说道，"肯定是那个时候。师傅到我们家去，提起另一桩婚事……结果父亲大为光火，怒声斥责道，我只想听一个媒人介绍一户人家，这家不行，就谈那家，我家女儿绝对做不到。你不要愚弄诓骗我们！现在想起来，我觉得应该感谢父亲，我今天能嫁到三谷家来，当时父亲的话还是起到关键作用的。"

菊治没有说话。

“但是，师傅也不轻易认输。她说三谷少爷着魔了。还说了太田夫人的事。我在一旁，感觉非常厌恶，浑身颤抖，不停地颤抖。对她的话这么厌恶反感，可是身体的颤抖就是停不下来。后来一想，知道原来是自己还想着嫁给三谷家的缘故。不过，那个时候，我在父亲和师傅面前这样发抖，心里的确很痛苦。大概是父亲看见我的脸色不正常，便说道：‘女儿经过你的介绍，已经和三谷少爷见过面了，热水凉水好喝，温水难饮，冷暖自知，她应该有自己的判断。’说罢，就让师傅回去了。”

好像是浴室服务生来了，听见浴盆里放热水的声音。

“那时我虽然心里很痛苦，但是我有自己的判断。所以，你也大可不必介意师傅的做法。我今天在这里点茶，也是非常平心静气的。”

雪子抬起头来，她的眼珠里映照出一盏小灯光，兴奋红晕的脸颊和嘴唇都闪耀着光亮的润泽，菊治从这张光彩照人的秀美脸蛋上感受到无限深情的爱意。这是娇艳的烈焰，稍一接触，仿佛有一种温馨浸透全身，实在不可思议。

“记得当时你的和服腰带是鸢尾花的图案，那应该是五月吧，来到我家的茶室。那个时候，我觉得你永远是一个远在天边的人。”

“那是因为你当时装模作样显得特别痛苦的样子。”雪子微笑着说道，“你还记得鸢尾花图案的腰带？那条腰带已经装进行李里了。咱们还要回家呢。”

雪子对自己对菊治都使用“痛苦”这个词语来表现，她感受内心痛苦，正是菊治四处拼命奔走寻找文子的时候。没有料到文子从九州的竹田町给菊治寄来长信，菊治接到信后，还特地赶到竹田。可是，大约一年半以后，连文子的联系地址都不得而知。

文子通过长信对菊治倾诉衷肠，要他忘掉母亲和她自己，并希望他和雪子结婚。这是文子对菊治的告别信。于是，文子代替雪子成为远在天边的人。

菊治如今依然认为，这人世间应该不会有永远都远在天边的人，这个词语不应随意滥用。

二

回到八叠大的房间，桌上放着一本相册，菊治翻开一看，说道：“噢，原来是这间茶室的相册。我还以为是来这里新婚旅行的夫妇的相片呢，有点儿惊讶。”

他看了一眼雪子。相册的首页贴着茶室历史渊源的介绍——这个寒月庵原本是过去江户十人众[1]之一的河村迂叟[2]的茶室，迁移至横滨三溪园，后来遭到空袭，屋顶被炸穿，墙壁掉落，建筑倾塌，地板炸飞，破烂腐朽，惨不忍睹，最近迁移到这家旅馆，成为旅馆的庭园。因为这是温泉旅馆，所以建有浴室，此外都尽量按原样恢复，使用古旧的木材，重现昔日的风采。战争结束的时候，由于缺少燃料，大概是当地人将荒废的茶室倾塌下来的木材拿去当薪柴烧火，所以柱子上还残留着斧斫的痕迹。

“据说大石内藏助[3]曾来此庵游玩。”雪子一边念介绍文，一边说。

迂叟经常出入赤穗藩，而且迂叟持有的名叫“残月”的荞麦茶碗[4]作为河村茶碗传承下来。于是人们将淡青釉和淡黄釉的“半身替”[5]的景色比喻为“晓空残月”，留下铭文。

相册里还有几张三溪园遭受空袭后的惨状照片，之后是从开始迁移的修缮工程到竣工落成典礼茶会的一整套照片，按照时间顺序排列张贴。

---

①江户十人众，江户幕府时期，江户的十个豪商。

②河村迂叟，即川村迂叟（1822—1885），原名川村传左卫门，江户木材商、生丝商，幕府末期至明治时代的商人。

③大石内藏助（1659—1703），即大石良雄，江户时代的早期武士，播磨国赤穗藩的头号家老。元禄十五年（1702）率领赤穗藩家臣四十六人在江户杀死幕府旗本吉良义央，为其藩主浅野长矩复仇。史称“元禄赤穗事件”。事后，被幕府勒令切腹。

④荞麦茶碗，属于高丽茶碗系列。一说因其颜色类似荞麦色，且有荞麦皮那样的黑斑，在江户时代中期被称为“荞麦茶碗”。

⑤半身替，日本烧制陶瓷器的一种形式，将一件陶瓷器的色调分为两半，两边分挂不同颜色。

如果说大石良雄曾来此地，那至少可以说元禄时代，寒月庵就业已存在。

菊治环视室内，使用的几乎全部是新木材。

“刚才茶席里的壁龛柱子，好像是原先的东西。”

两人坐在三叠茶室里的时候，女佣前来把挡雨门关上。大概就是那个时候，女佣把相册放在外面的桌子上的吧。

雪子还在反复翻看相册，一边说道：“你不换衣服吗？”

“你呢？”

“我穿的是和服，这样就可以了。你去洗澡的时候，我把别人送的点心之类的礼品拿出来。”

浴室里飘溢着新木材的芳香。从浴盆到冲洗处、墙壁到天花板，木板的色调都非常柔和，纹理美观，令人赏心悦目。

女佣沿着长长的通道走下来，能听到她的说话声。

菊治从浴室回到房间的时候，雪子不在房间里。

八叠大的房间已经铺好被褥，桌子也挪到一旁。也许在女佣整理房间的时候，雪子躲到三叠大的茶室里去了吧。

雪子从旁边的茶室里问道：“炉火就这样可以吗？”

“可以吧。”

菊治一回答，她就走出来。好像眼睛不知往哪里看好，只是一味盯着菊治：“舒服了吧？”

“这个吗……”

菊治打量着自己身上的旅馆预备的和式棉袍以及外罩的和式外衣的打扮。

“我是说洗了个澡，感觉舒服了吧。”

“那是。”

雪子走进右边的三叠茶室，好像从旅行包里掏出什么东西，又打开八叠房间的隔扇，坐下来，身后的廊道上放着化妆盒。她自然而然地双手按在席子上，两颊红晕，略一施礼，摘下戒指，放在梳妆台上，站起来走出去。

雪子刚才对菊治的施礼，让菊治颇感意外，惊得差点儿叫出了声，他觉得雪子很可怜。

他站起来，看着那枚戒指。这是一枚镶嵌着墨西哥蛋白石的婚戒，他拿起来，走到火盆旁边，映照着灯光，宝石里闪动着红色、黄色、绿色的小“火焰”，晶莹剔透，忽亮忽灭，美妙奇观。透明的火蛋白石那艳丽变彩、摇曳明灭的火焰攫住了菊治的心。

雪子从浴室里出来，走进右边的三叠茶室里。

八叠房间的左侧是一条窄细的廊道，隔着廊道是三叠和四叠半的两间茶室，右边也有三叠的茶室。女佣将他们的旅行包放在右边的茶室里。

雪子好像在里面叠和服，突然说道：“我把这儿稍微打开一点儿，可以吗？怪害怕的。”

说着，她站起来，将菊治所在的八叠房间与三叠茶室之间的隔扇拉开大约一尺宽的空隙。

菊治也发觉，现在两人处在离主房大约五六间[①]距离的旁屋里。雪子看着灯光照亮的地方，说道：“那边也是茶室吗？”

“对。好像是圆炉[②]，就是在地板下镶入圆形的铁炉子。”

菊治一边回答，一边从隔扇的边缘上看见雪子正在叠贴身单衣，单衣的下摆在轻轻晃动。

“千鸟[③]……”

“对。千鸟是冬季的鸟类，所以我把它印染在上面。”

“那就是波千鸟。”

“波千鸟？波涛上飞舞的千鸟。”

“可以说是‘夕波千鸟’吧。也有吟咏‘夕波千鸟鸣……’的和歌[④]。”

“夕波千鸟？不过，是把波涛上翩翩飞舞的千鸟景象称为波

①间，日本的长度单位，1 间约为 1.82 米。

②圆炉，茶道炉子形状之一。在茶室的榻榻米地板下砌一圆形坑，将直径约一尺的圆形铁炉放在里面。在使用方形炉之前一般使用圆炉。

③千鸟，日文的“千鸟”的汉字也写作“鸻”。有两种解释，一种是指鸻鸟，为冬天的季语。所以本文提到“千鸟是冬季的鸟类”。另一种解释认为“千鸟”是指群多的鸟，不是指具体的鸟的种类，而是栖息于水边的群飞的小鸟的总称。下文吟咏的和歌中的“千鸟”即为此意。但本文印染在单衣上的图案应是“群多小鸟”，并非“鸻鸟”。

④此处指收录在《万叶集》里的柿本人麻吕的和歌，意为：“近江海上，夕波千鸟。哀鸣沁心，遥思古人。”这里的“近江海”不是大海，而是“琵琶湖”。日本人将“波千鸟”的“波”比喻为世间的种种艰辛，“波”与“千鸟”组合，比喻夫妇同心协力，克服困难，创建美满家庭。

千鸟吧？”雪子语调缓缓地说着。千鸟图案的下摆被折叠进去，看不见了。

三

大概是旅馆上头火车经过的响声把菊治吵醒。

入夜时候他也听到过火车声，但此刻车轮碾轧的轰鸣声简直就在耳旁，汽笛声也高亢尖厉，醒来时，他知道还是在深夜。

尽管声音没有达到把人晃动震醒的程度，但自己还是醒过来了，这也说明自己的睡眠状态比较浅，菊治觉得有点儿奇怪。

他早于雪子进入睡梦之中。

但是，当他听见雪子平静的呼吸时，心头稍微松缓下来。

雪子大概在婚礼的前前后后比较劳累，所以很快就进入梦乡。而菊治在临近结婚的时候，依然摇摆不定，悔恨交加，每天晚上几乎无法入眠，可是，雪子应该也有难以安眠的心事吧。

菊治似乎觉得雪子不可能睡在自己的身旁，可是，他闻到了雪子平时特有的气味。

那个什么牌子的香水、雪子身上的气味、雪子睡觉的气息，还有雪子的婚戒、波千鸟的图案，菊治觉得这一切都是自己的东西。这种亲切感，在深更半夜的不安之中也无法消失。这是他第一次体会到的情感。

但是，菊治没有开灯端详雪子的勇气。他拿着枕边的手表，到外面的卫生间去。

“已经五点多了吧。”

菊治在太田夫人及其女儿文子身上那种自然而然、彼此吻合的感觉，为什么在雪子身上就无法感觉到呢？这种异常让菊治感到有些可怕。这是由于自己良心上的抗拒吗？这是因为对雪子感到惭愧与自卑吗？这是因为太田夫人和文子依然还攫猎住自己不放吗？

栗本千佳子说，太田夫人是个魔女，可是，今晚的房间就是由千佳子决定的，菊治对此感到厌恶不快。

雪子穿着平时很少穿的和服陪伴他新婚旅行，菊治甚至怀疑这也是千佳子的指使。

“出外旅行，你怎么不穿西服呢？”睡觉之前，菊治不动声色地问道。

“就今天一天。说是穿西服套装的话，有点儿缺少情趣。我两次都是在茶室和你在一起，所以要穿和服。”

菊治没有反问：这样的回答是谁教她的。为了新婚旅行，特地在单衣上印染千鸟图案，这大概又是千佳子让雪子这么做的吧。

菊治岔开话题，排遣心情：“刚才说的夕波千鸟那首和歌，我非常喜欢。”

“哪一首和歌？”

菊治低声熟练地把柿本人麻吕的这首和歌吟咏出来，并且用手温柔地触摸着新娘子的后背，不由得说道：“啊，真好。”

这让雪子吃了一惊，菊治只是尽量表现出温柔体贴的样子。

凌晨五点，菊治醒来，还是沉浸在不安与焦虑的情绪里，但是他再一次强烈感受到雪子对自己的可贵。雪子平静的气息和些微的体味，仅仅这些对菊治来说，足以成为一种充满温馨而甜美的宽恕。这也许是我自以为是的陶醉。但是，唯有女性才具有宽恕罪大恶极者的慈爱。尽管也许只是暂时性的感伤或者麻醉，但这是来自异性的救赎。

菊治心想，即使明天要和雪子分道扬镳，也要对她感谢终生。

菊治心中的不安与焦虑稍缓下来，紧接着涌上来寂寞惆怅的情绪。雪子大概也因为不安与决心而惧怕，但是菊治不能摇醒她把她重新抱在怀里。

涛声断断续续地传进耳朵里，菊治心想到天亮都无法入睡了，可是没想到又睡过去了，醒来时，只见明媚的阳光照射在隔扇上。

雪子不在房间里。

莫不是逃回娘家去了？菊治心头一惊。九点多了。

菊治拉开隔扇一看，雪子坐在草坪上，抱着膝盖，眺望大海。

“我睡懒觉了。你什么时候起来的？”

“七点左右。好像是掌柜来烧开水，把我弄醒了。”

雪子回过头来，她满脸殷红。今天早晨，她换了一身西服套装。昨天的那一朵玫瑰别在胸前。菊治顿时释怀。

“这朵玫瑰，总是保持得这么鲜艳。”

“昨晚洗澡的时候，我把它养在盥洗室的水杯里。你没发现啊？”

“没发现。”菊治回答道，“你洗澡了？”

“嗯。我先起床了，没事干，只好打开挡雨门，就到草坪上来了。美国军舰正离开，昨天傍晚来玩乐，今天早上离开。”

“军舰到这里来玩，不是很奇怪吗？”

“打扫庭园的人这么说的。”

菊治把自己已经起床的事打电话告诉旅馆的柜台，然后洗了个澡，走到草坪上。已经十二月中旬，没想到还这么暖和，他吃过早餐，坐在阳光明媚的走廊上。

大海闪烁着银光，随着时间的推移，阳光照射的地方也在逐渐发生变化。从伊豆山向热海方向伸展出去的小海岬重重叠叠，海浪拍打突出的岩石下部，波光粼粼，耀眼闪烁的地方变化无常。

“下面的海面，波光潋滟，就像星光璀璨，就是那里。”雪子指着海面，“就像蓝宝石的星星……”

下面的大海。有一处处光群，浮在水面上，星光闪烁，云谲波诡，耀眼荡动。近处，一道道波光清晰分开；远处，大海如一面镜子明亮晶莹，也许是群星荟萃的灿烂吧。定睛细看，远处的光群像是在海面上跃动舞蹈。

茶室前面的草坪比较狭小，从边上可以看见下方的树枝上的夏橙开始着色。一道缓缓的斜坡一直延伸到海边，海岸上并排种着松树。

“昨天晚上，我仔细看了看这枚戒指上的宝石，真的很漂亮……”

“因为这是宝石，里面的波光与蓝宝石、红宝石很相似，其实最接近钻石的光。”雪子看了看手上的戒指，又凝视着海面的亮光。

这样的景色最适合谈论宝石，同时也是最适合两人谈心的时间，但是菊治并没有感觉到幸福。

菊治卖掉父亲的老房子，带着雪子回到那间简陋窄小的新家，即便是雪子，她也认了。但是，在这里谈论将来如何经营这个新家庭，菊治觉得自己似乎还没有进入已经结婚拥有妻室的状态。如果互相回忆往事，菊治难免要涉及太田夫人、文子、栗本这些人。所以，两个人的未来和过去的话题已被封死，菊治只能随便谈一些眼下的闲话。

雪子又是怎么想的呢？明媚的阳光在她的脸上耀眼闪亮，她神情舒畅自若，这大概是对菊治的一种慰藉吧？也许是她在初夜感受到了菊治的温柔体贴。

菊治有点儿坐立不安，很想活动一下。

他在这家旅馆预定住两个晚上，于是去热海饭店吃午饭。西餐厅窗外的芭蕉树已经叶子残破，对面有一丛苏铁。

“小时候，父亲曾带我来这里过新年。苏铁还是老样子。”雪子面对大海，看着庭园。

“我的父亲时常到这里来，我也跟着他。说不定我们小时候就见过面呢。”

“瞧你说什么呀。是这样吗？”

“小时候就见过面，不是很有意思吗？”

“小时候就见过面，说不定结不了婚呢。”

“为什么？”

“因为你小时候好像很聪明的哦。”菊治笑了起来，“父亲经常这样说我，说我小时候很聪明，可后来越长越傻。”

从雪子刚才的话语里，菊治可以想象出，雪子在四个兄弟姐妹中，父亲视她为掌上明珠，多么疼爱她呀。如今依然能看出聪慧伶俐大眼睛的雪子小时候的倩影。

四

从热海饭店回来以后，雪子就给母亲打电话，不过没什么话要说。

“妈妈有点儿担心，问我‘你们怎么样了’。要不你和妈妈说几句话？”

“不用了。你替我向她问好。”菊治一口回绝。

“是吗？”雪子回头看着菊治，说道，“妈妈说向你问好，让你多保重……”

电话就在房间里，所以菊治从一开始就知道，雪子并没有打算和妈妈说悄悄话。

但是，是什么事情让雪子的妈妈担心呢？难道是女人的直觉相通吗？新婚旅行的第二天，新娘子就给娘家打电话吗？这不是让岳母吓一跳吗？虽然菊治不太明白其中的道理，但如果新娘子怀有沉迷于丈夫魅力的羞涩感，也许就不会打这个电话。

四点过后，三艘美国的小军舰又进来了。网代附近的遥远天空上少量的云彩也变成雾霭，在春天暮色浓郁弥漫的海面上缓慢地移动。即使说这些军舰带来了情欲的饥渴，它们看上去仍然像是安详平和的船模型。

“军舰又来玩了。”

“今天早晨我起床的时候，昨夜的军舰正在返回。”雪子说道，“闲着没事干，我一直看着它们走远。”

“你等了两个多小时，一直等着我起床吧？”

“可能时间更长，能够和你在这里，感觉真的不可思议，很愉快。心想等你起床以后，有很多很多话想对你说……”

“都有什么话？”

“漫无边际……”

虽然天色未暗，但驶进来的军舰已经亮灯。

“比如说，我为什么要结婚呢？要是能听到你这一方的想法，我会很高兴的。诸如此类的话题，我想和你交流。”

“哦，这不是什么想法的事。”

“也可能这样吧，可是，这个女孩子为什么会到你的身边来呢？回顾一下过程，不是很愉快的吗？我也很愉快。为什么你会认为我是那个远在天边的人呢？……”

“你今天使用的香水和去年到我的茶室来的时候是一样的吧？”

“嗯。”

“那一天，我觉得你是一个远在天边的人。”

“哎呀！你不喜欢这个品牌的香水吗？”

“不是。第二天，我仍然能闻到你残留的气味，我还进去看了看……”

雪子惊讶地看着菊治。

“就是说，我当时就认定雪子是永远远在天边的人，而放弃了这个念头。”

“你这样的说法，太让我伤心了。你这是因为有另外的人，这我知道。但是，我现在只想听与我相关的事情。”

“你这是一种憧憬。”

“憧憬？”

“是吧？放弃与憧憬两者并存吧。”

“你说是憧憬，吓我一跳。但是，就我而言，因为打算放弃过，所以也许就是憧憬吧。不过，当时我并没有想到放弃或者憧憬这种的表达语言。”

“因为憧憬是罪人的语言……”

“你又说别人的事情了。”

“不，不是。”

“好了。我也考虑过，也许我会爱上一个有妇之夫。”

雪子的眼睛炯炯发光。

“不过，你别说了吧，憧憬这种事，太令人害怕。”

“是呀。昨天晚上，感觉你的气味变成我的气味，真是不可思议……”

“……”

“但是，憧憬不会消失。”

"很快就会失望的。"

"绝对不会失望。"菊治说得斩钉截铁。因为他对雪子深怀感激之情。

雪子也感受到他的气势，说道："我也绝对不会失望。我发誓。"她一下子把菊治的话顶回去了。

然而，仅仅过了五六个小时，失望不就朝着雪子逼近过来了吗？她还毫无感觉，或者说她只是停留在疑惑的程度上，即便如此，菊治不是让自己也感受到冷酷寒心的失望吗？

不仅仅因为害怕，菊治昨晚和雪子一直谈到深夜。雪子昨夜也对菊治格外亲密相伴，还恰到好处地、温柔地给菊治斟上一杯粗茶。

菊治在浴室里剃了胡子，回到房间抹护肤霜，雪子坐在化妆镜旁边，挨着菊治，用手指蘸起一点护肤霜，说道："总是我给爸爸买护肤霜……"

"那给我也买同样的品牌吧？"

"还是不一样的好。"

今天夜晚，她把睡衣放在膝盖上，然后还是略施一礼，走进浴室。

"晚安。你休息吧。"

雪子又是轻轻跪坐在榻榻米上，然后手提着衣服下摆，灵巧地钻进自己的被窝里。她的少女般的纯洁干净的动作，让菊治心潮澎湃。

但是，很快，在黑漆漆的暗夜的深处，菊治闭上颤抖的眼皮，回想起文子的顺从，她只有对纯洁本身的抵触。这是卑鄙龌龊的罪恶的挣扎。他想借助蹂躏践踏文子的纯洁的妄想的力量，来羞辱雪子的纯洁。虽然是禁忌的毒药，但雪子清纯洁净的动作，还是无可争议地勾引出菊治——尽管是迫不得已——对文子的回忆。

另外，通过对文子的回忆，菊治无法阻止呼唤太田夫人这个女人的心头激浪的冲击。这是魔性的诅咒束缚，还是人的自然本性？无论如何，如今夫人已死，文子已经消失，如果说对她们只有爱没有恨，那么现在让菊治如此凄惨地心惊胆战的东西又是什么呢？

菊治后悔自己在太田夫人这个女人的欲海中沉醉麻木，那么现在反过来又沉醉麻木在自己内心的某种欲望里，这个让菊治恐惧惊骇。

菊治忽然听见雪子的枕头上有头发窸窣的声音，雪子说道：“你对我说说话吧。”

菊治大吃一惊。

仿佛是罪恶之手搂抱着圣洁处女的身体，菊治忽然间感觉热泪盈眶。

雪子将自己的脸温柔地贴在菊治的胸上，过了一会儿，听见她的低声啜泣。

菊治低声颤抖着说道：“怎么……你伤心了？”

“不。”雪子摇摇头，“我一直爱着你，可是从昨天起，我越来越爱你了。我这是爱极而泣。”

菊治的手抚摸着雪子的下巴，嘴唇轻轻贴上去。这时，自己眼中的泪水已经掩藏不住。对太田夫人和文子的妄想瞬间烟消云散。

难道就不能与一个纯洁无瑕的新娘共同度过几天清纯洁净的新婚日子吗？

五

第三天，风和日丽，海色融融，雪子很早就起床，装束打扮。

今天早晨听女佣说，昨晚来了六对新婚旅行的夫妇，住宿在这家旅馆，但因为他们住在这边的旁屋里，茶室离海远，所以听不到主房那边的人声，那边的小提琴声也传不到这边来。

不知道今天的阳光是什么缘故，一直等到下午，也没有看到昨天的那种碧波荡漾如群星璀璨的美好景观，不过，在昨天如熠熠星光闪耀的下方海面上出现七艘渔船。打头的是一艘蒸汽船，噗噗噗地冒着蒸汽，后面拖着六艘船，由大到小，一列排开。

“像一家子人。”菊治微笑着说。

旅馆送给他们的礼物是两双夫妻筷，用折叠鹤图案的桃红色日本纸包裹着。

菊治突然想起来，说道：“你把那个千鹤图案的包袱皮带来了吗？”

“没有。什么都是新的，我都觉得不好意思。”

雪子俏脸潮红，漂亮的双眼皮，连眼角妩媚的线条都染成霞色。

“你看，我连发型都变了。不过，别人送的贺礼里有白鹤图案的礼物。”

不到三点，他们驱车前往川奈。

网代港，有很多渔船，也有涂着白漆的船只。

雪子回头看着热海方向，说道：“大海的颜色就像粉红色的珍珠。颜色很相似。”

“粉红色的珍珠？”

“对。耳环和项链的粉红色，要不要拿出来看看？”

“到饭店以后吧。”

热海的山谷皱襞，暗影深沉。

堆集着柴火的两轮平板拖车，上面坐着妻子，丈夫踩着脚蹬从一旁过去，雪子说道：“真想过这样的生活。”

与心爱的男人在一起，吃糠咽菜也心甘，现在的雪子是否有这样的想法呢？菊治感觉有点儿难为情。

海岸并排的松树间，飞起成群的小鸟。鸟儿飞翔的速度和汽车几乎一样，汽车稍快一点儿。

今天早上在伊豆山的旅馆看见的七艘拖船已经驶到这儿来了。雪子看见的依然是大船拖着小船的和睦一家人的样子，行驶在离岸很近的海面上。

“好像是来与我们会面的。”

菊治感受到雪子通过这样的船队所表达的家族亲密的愉快感觉，使自己的心受到柔和的温存。这就是一生的幸福日子吧。

去年从夏天到秋天。菊治四处寻觅文子，一无所获，身心疲惫，心迷意乱的时候，没想到雪子独自来访。对于菊治来说，犹如黑暗中的活物见到阳光一样，感到耀眼，感到惊讶。尽管雪子还是很慎重节制，但还是不时来访。

不久，菊治收到雪子父亲的来信，信上说：“听说你与我的女儿正在交往，不知你有没有结婚的打算？以前曾通过栗本千佳子有过商议，我和内人都希望女儿能去往她最初所希望去的地方。”这封信既可以理解为父母亲对两人交往的关心，也可以理解为对菊治的防范，不过，总归还是父母亲替女儿表达了心意。

此后至今，整整一年。菊治在等待文子与迎娶雪子之间摇摆不定，迟疑不决。然而，在菊治追思太田夫人、追寻文子无果，悔恨懊恼无法自拔，垂头丧气的时候，脑子里又描绘出千只白鹤在朝夕天空翩翩飞舞的幻影，那就是雪子。

为了观看拖船，雪子来到菊治这一边，没有回到原先的座位上去。

川奈饭店的服务员把他们领到三楼尽头的房间，两面没墙，都是适合眺望外景的玻璃窗。

雪子声音清爽地说道："海是圆的。"

海平线画了一个圆形。

从草坪中的泳池那头，有五六个身穿浅黄色制服的女球童肩背高尔夫球袋走上来。

从西面的窗户，攀登富士山的路线一览无余。

他们想到宽阔的草坪上走一走，菊治背对着西风说道："好大的风。"

"风大一点儿怕什么，走吧！"

雪子用力拉着菊治的手。

回到房间以后，菊治去洗澡。雪子这时梳理头发，换上一件衬衫，做好去餐厅吃饭的准备。

"要不要戴这个去？"雪子把耳环和项链给菊治看。

晚餐后，他们在日光屋里待了一会儿，这是一间伸出到庭园里的椭圆形大屋子，但因为不是周末，所以只有菊治他们两个人。四周拉着帷幕，有一对山茶花的盆栽，朝着椭圆形的方向纵情盛开。

然后，他们移步到大厅，坐在壁炉前面的长沙发上。壁炉里燃烧着粗大的新木。壁炉上方摆放着大朵的君子兰盆栽，也是一对。长椅子背后的大花瓶里，插着早开的红梅树枝。高高的屋顶是英国式的木头构件，十分稳重和谐。

菊治靠在皮沙发上，久久地凝视着壁炉里的火焰。雪子的脸颊一直有热烘烘的感觉。

他们回到房间里，发现厚窗帘已经拉上。

虽然房间宽敞，但只是单间，雪子只好在浴室里换衣服。

菊治穿着旅馆的浴衣，坐在沙发上。雪子穿着睡衣，站在他的面前。

赭红色的底色上散落着白色的小纹饰，料子类似西服的新款质地，元禄袖口①，却是宽松自由的式样，穿在雪子身上，洋溢着纯洁无邪的少女感觉。系着柔软绸缎的伊达腰带②，简直就像一个洋娃娃。从红色的里子间露出些许洁白的浴衣。

“非常漂亮的和服，这个款式是你设计的？元禄袖？”

“和元禄袖还不太一样，我自己随意琢磨的。”

雪子走到梳妆台前面。

---

①元禄袖口，和服袖口的式样之一。袖短，袂圆而肥大。常用于女子常用服和女孩和服。

②伊达腰带，女性系在宽腰带里面的窄腰带。

梳妆台上只留着一盏灯，房间顿时暗了下来，二人就寝。

菊治突然醒过来，听见轰隆一声巨响。他以为是大风的呼啸声，庭园的尽头是一处断崖，也可能是惊涛骇浪撞击的回响。

他看了一眼雪子，发现她不在床上，再一看，雪子站在窗前。

“你怎么啦？”

菊治走过去。

“听见轰隆一声响，心里害怕。你看，海面上出现淡红色的火光……”

“那是灯塔的亮光吧。”

“我醒了过来，害怕得睡不着，所以就起来了。”

“是波涛的声音吧。”菊治把手放在雪子的肩膀上，“你把我叫醒就好了。”

雪子似乎还是一心关注大海：“你瞧，还闪着淡红色的亮光。”

“那是灯塔的亮光。”

“也有灯塔的灯光，但是比灯塔的灯光要大，从下面忽然出来的。”

“波涛的声音吧。”

“不是。”

听起来像是巨浪撞击断崖的声响，但是海面在弦月的冰冷光照下，有一种黑洞般的宁静。

菊治凝视片刻以后，也觉得灯塔亮光的闪灭与海面淡红色的闪光不一样。海面淡红色的闪光间隔时间长，而且没有规律。

“是大炮的闪光吧？会不会发生海战了？”

“噢，是美国的军舰在演习吧。”

“对。”

“令人毛骨悚然。我害怕极了。”

雪子软绵绵地靠在菊治身上。菊治紧紧抱着她。

弦月的夜晚，海风呼啸，远处淡红色火光的闪耀，巨浪的轰鸣，菊治也觉得不寒而栗。

“这样的三更半夜，你不能独自观看。”

菊治手臂用力地把雪子抱起来。心头害怕的雪子紧紧抱住菊治的脖子。

仿佛一种彻骨的悲哀穿透菊治的全身，侵袭心灵，他断断续续地说道：“我不是无能，我没有障碍。只是我的屈辱和悖德的记忆，这家伙，依然不肯宽恕我。”

雪子像是昏迷过去一样，重重地压在菊治的胸上。

旅次的告别

一

新婚旅行结束，菊治回家以后，打算烧毁文子以前的来信。烧掉之前，他又重看了一遍。

十月十九日，于阪神至别府航线的小金丸上。

您大概是在寻找我吧？请宽恕我吧，把我当作一个不知去向的人。

因为我已经下定决心不再见您，所以也不想发出这封信。至于什么时候寄出去，我也不得而知。我现在前往父亲的老家竹田町，但是，如果您收到这封信的时候，我已经不在竹田町了。

父亲在二十年前就离开故乡，我对竹田町一无所知。

岩山环绕竹田町，

河流[1]湍急听秋声。

①河流，指奥岳川。

不似城门是山[1]门，

出入竹田过此洞。

洞门里外竹田町，

处处芒草白茫茫。

我只是从与谢野宽[2]和晶子[3]的《久住山之歌》以及父亲的谈话中想象故乡的景象。

我正回到从未见过的父亲的故乡。

据说久住町有一个人也写短歌，父亲小时候认识这个人，他写的短歌如下：

故乡山峦心亲近，

潺潺流水听清音。

①山，指祖母山。

②与谢野宽（1873—1935），即与谢野铁干，明治时期至昭和前期的歌人。创建新诗社，创刊《明星》，提倡诗歌革命，将“和歌”改革为“短歌”，注重培养新人，尤其女歌人，有凤晶子、山川登美子、石川啄木、北原白秋、上田敏、吉井勇等一批歌人。

③与谢野晶子（1878—1942），1900年加入与谢野铁干的新诗社，在《明星》上发表短歌。翌年与铁干结婚。代表性歌集有《乱发》等。她是日本近代第一个以诗歌追求妇女解放并付诸实践的女性。著述甚丰，有和歌、歌论、社会评论、古典文学评论、小说等。

长空无垠映原野，
青绿染我幼时心。

此心苦恼独我乎？
山峦披戴白云彩。

叛逆之心终消失，
只因祈愿安泰人。

这些短歌，也会勾起我回故乡的情思。当然还有与谢野宽的短歌，如下：

犹似亲近大师旁，
我心牵记久住山。

此身贫乏常自知，
有心请教灵秀山。

此身忽然去无踪，
云遮雾绕久住山。

这样的短歌都强烈地吸引我前往久住山（也称为九重山）。

有一首短歌写到“叛逆之心”，但是，我对您并没有叛逆之心。如果说有叛逆之心的话，那也是针对我自己、针对我自身的命运际遇。其实，即便如此，与其说是叛逆之心，不如说是比叛逆更沉重的悲哀。

更何况已经过了三个月，我只是一心对您“祈愿安泰”。我不应该给您写这样的信。这是写给我自己的信，却变成写给您的信。写完以后，也许会把它扔进海里。然而，也许这是一封永远写不完的信。

侍者将大厅里的窗帘拉上，在大厅里，除了我之外，还有两对年轻的外国夫妇，坐在另一边。

这是一个人的旅行，所以，我买了头等舱。我不喜欢和很多人待在一起。头等舱是两人一室，和我同室的是别府观海寺温泉旅馆的老板娘。她说是去大阪侍候嫁到那里的女儿分娩，现在回去。

她说：“在大阪期间，睡眠很不好，路上就想好好睡一觉，所以坐船回去。在餐厅吃完饭回来不久，就上床睡觉了。”

我们乘坐的小金丸离开神户港的时候，正好一艘名叫“苏伊士之星”的伊朗轮船进港。

这艘船的外形十分奇特，那个老板娘告诉我说，这是客货轮。我心想，现在连伊朗的船只都可以进来了吗?

轮船启航以后，神户及其后面的群山都掩映在黄昏暮色之中。秋天，白天变短了。到了晚上，船上开始广播海上保安厅的注意事项，诸如对于海上赌博绝对不会放任不管，连受害者都要受到惩罚……

因为今天乘客赌博的可能性非常大。

那些内行的赌徒也会集中到三等舱。

温泉旅馆的老板娘睡觉了，于是我就到大厅里来。那两对外国人夫妇，其中有一个日本女人。当然，看上去此人也已经结婚，那外国人不是美国人，似乎是欧洲人。

我突发奇想，要是我和外国人结婚远走高飞不是也很好吗?

——胡思乱想些什么呢?我自己都大吃一惊，自言自语道。即便是乘船时候，也会出乎意料地想到结婚。

那个日本女人看似出生人家尚好，但是她一味模仿外国人的表情动作，而且还故意装模作样，虽然她的人品也许不坏，但在我看来，就是装腔作势、矫揉造作。她一直有一种嫁给洋人的自骄自傲，一举一动都故意显示出“优越”的意识。

然而，在这三个月期间，就连我也不知道心有所动的时候。回想起来，我在那间茶室前面的石制洗手盆处将志野陶圆筒形茶碗摔碎，实在是羞愧难当，无地自容。

——当时我说“还有更好的志野陶”。我的确是这么想的。

我把志野净水罐作为母亲的遗物纪念送给您，您很高兴地收下，所以我没想那么多，稀里糊涂地也把圆筒形茶碗送给您。过后一想，不是还有更好的志野陶吗？我便感觉坐立不安，心里不好受。

——听我这么一说，您说“给人送礼物只能是最好的东西啰”。我相信，您所说的“人”，只能是您本人。因为您一心要把我母亲想得最美。

但是，死去的母亲、苟活的我，那个时候，都已经无可救药了。我非常后悔，在当时那种精神亢奋、执迷不悟的心态下，就把母亲的那个品位不高的圆筒形茶碗送给您。

三个月已经过去，如今，我的心情也发生了变化。说不清楚是美梦破灭还是噩梦惊醒，但是，在我摔碎志野陶茶碗的时候，就想着母亲和我的一切就此与您诀别。摔碎的志野陶虽然令人羞耻，但也许是一件好事。

——那时我说，茶碗的口上残留着母亲的口红……让您觉得这是一种疯狂的执着。

对此，我还有一段令人毛骨悚然的记忆，父亲还健在的时候，有一天，栗本师傅来到我们家，我记不太清楚了，父亲拿出一件黑乐茶碗，大概是长次郎[①]的作品。

---

①初代长次郎（？—1625），安土桃山时代代表性的京都陶匠。乐烧的创始人。乐烧是桃山时代具有代表性的茶碗之一，为乐家继承千利休的茶道理念所烧制。挂铅釉，低温烧制。一般分为“黑乐”与“赤乐”两类。

师傅皱着眉头说道："哎呀，都发霉了……茶会以后没有好好保管，使用以后就直接收起来的吧？"整个茶碗长满如腐烂的鸢尾花那种颜色的斑点。

"我用热水洗过了，可是洗不掉。"

她把湿漉漉的茶碗放在膝盖上，仔细端详，突然用手指在自己的头发上使劲挠着，然后用这沾满头油的手指转圈刮擦茶碗，那些霉点都被刮下来了。

"啊，真好。你瞧。"师傅显得得意扬扬的样子，把茶碗给父亲看，但是父亲没有伸手接过去。

"你的做法太脏。我不喜欢，看了令人恶心。"

"那我好好洗干净。"

"怎么洗也不干净，心里不舒服。哪有心情用这样的碗喝茶？你喜欢的话，你拿去吧。"

我那时还小，坐在父亲身边，也觉得恶心。

后来听说，师傅把那只碗卖掉了。

女人的口红渗透进茶碗碗口，也是同样的道理，我觉得是令人忌讳的。

请您把母亲和我的事忘掉，和稻村雪子缔结良缘吧……

二

十月二十日，于别府观海寺温泉。

从别府乘火车经过大分去竹田，时间上更快一些，可是已经来到九重山的近旁，还是想看一眼崇山峻岭，于是选择这样一条路线：经过别府后面的由布山麓，从由布院坐火车到丰后中村，然后进入饭田高原，向南翻越山岭，从久住町前往竹田。

竹田虽是父亲的故乡，但对我是陌生之地。如今父母都不在人世，这里的人们会怎样迎接我呢？

父亲说过："这座城镇感觉是自己心灵的故乡。"也许正如与谢野夫妇的短歌所写的那样，四周被岩山石壁环绕，进入竹田町都要穿过山间洞门。

要是母亲的话，我想她会把竹田的情况详细告诉我的，听说在我出生之前，父亲带着她只去过一次。

我宽恕令尊令堂的时候，就觉得已经背叛了我父亲。那么，我为什么会被对父亲来说是故乡、对我来说是异乡的竹田所吸引呢？我还会眷恋这座既是故乡又是异乡的城镇吗？难道我甚至还认为父亲的这个故乡里流淌着母亲和我赎罪的泉水吗？

归来父前未叩首，

只因仰望故乡山。

《久住山之歌》有这样一首短歌。当我宽恕令尊令堂的时候，就已经潜藏着后来母亲与我的错误。这就是像诅咒一样紧紧抓着您，折磨得您痛苦不堪吗？然而，任何罪恶和诅咒都是有限的，在我摔碎志野陶茶碗的时候，就意味着它的终结。

我只爱过两个人：母亲和您。我说爱过您，也许您会感到吃惊，连我自己也感到惊讶，但是，如果秘而不宣，那又怎么对那个“人”“祈愿安泰”呢？您对我做的事，我对您既不责怪，也不怨恨，只是觉得我的爱遭到了最强烈的报应、最严酷的惩罚。我的这两个爱走到尽头，无非两个出路：一个是死亡，一个是罪恶。这是我这个女人的命运吗？母亲以死清算自己，我却背负着爱逃遁他乡。

“啊，真想死去。”这是母亲的口头禅。当她想去和您见面的时候，我阻止了她。

“你想让我死去吗？”母亲这样威胁过我。母亲在圆觉寺的茶会上与您见面之后，她就产生了自尽的念头，这种心态，在我摔碎志野陶茶碗的那一天也开始理解。母亲见到您，这是她自我了断的缘由。然而，母亲一心一意想见您的意志，却可以让她苟且偷生。我阻止了她，造成她的死亡。从摔碎志野陶茶碗的那一天开始，我就产生了自杀者的那种心态，所以我更加理解母亲。我想，如若母亲不死，死去的便是我。让我没有死去的是母亲之死。

当我把茶碗摔碎在庭院的洗手盆后，我一下子昏倒在石头上，您把我抱起来。

“妈妈。”当时我这样呼喊我的妈妈，您听见了吗？也许我没有喊出声来。

您说“不要回去”，您说“我送你回去”，我都只是摇头。

“我以后不再见您了。”我说完以后，逃离而去，在回家的路上，我一身冷汗，那时我就打算一了百了。我没有怨恨您，只是感觉自己已经走到尽头，没有退路。我的死是母亲之死的延续，觉得很正常，理所当然。如果说母亲是因为无法忍受自己的丑陋而死，我也打算如此。不过，我也觉得，在懊悔的烈焰中盛开着莲花。因为我爱您，所以，无论您对我做什么，我都不会认为是丑恶的。我如同夏天里的飞蛾扑火。母亲是自以为丑而死去，我却认为母亲是美丽的，我会在这样的幻梦中失去自己吗？

但我和母亲还是不一样。母亲与您，仅见一次，心头就无法平静下来，还想再次见到您，而我，仅仅见一次面，我的梦就已经破碎。我的爱，刚一开始就意味着终结。与其说我自己抑制感情，原地不动，不如说犹如被抛却，被唾弃。

——啊，这不行！我想。母亲死去，我也消失，您与雪子结婚，也许这也是对我的拯救。

如果您继续寻找我、追逐我，也会导致我自尽。我要是这么说的话，也许听起来会觉得我这个人很自我，但正如我认为母亲很美丽而忘却自我一样，我也希望从您的身边把我们彻底抹去。

栗本师傅曾说，母亲和我成为您与雪子婚事的障碍。在我清醒过来之后，才理解师傅的这句话。师傅还说，您与母亲见面以后，您的性格发生了很大的变化。

我摔碎茶碗的那天夜里，悲痛至极，一直哭到清晨，于是到朋友家里，说想去旅行，希望她陪我一起去。

“你怎么啦？看你哭成这个样子，眼睛都肿了……你妈妈去世的时候，也没见你哭得这么伤心啊？”朋友也大吃一惊，陪着我去了箱根。

但是，比起那个时候，比起母亲之死，还有更令人伤心的时候，那是发生在我小时候。那就是栗本师傅到我家里来，逼迫母亲与令尊分手，厉声痛骂母亲的时候。我在房间后面听见，哭出声来，母亲过来，抱着我来到师傅的面前。我不愿意，母亲说道：

“妈妈不是正被人欺负吗？你在后面哭，妈妈心里就难过得不行。让妈妈抱抱你。”母亲这么说。

母亲让我坐在她的膝盖上，我把脸埋在她的怀里，没怎么看栗本师傅。

“哼。都把孩子搬出来了？”师傅嘲笑道。

“你是个聪明的孩子，你知道三谷伯伯来你家里干什么吗？”

“不知道。不知道。”我使劲摇头。

“你不会不知道吧？那个伯伯，人家有妻子。是你妈妈不好吧？那个伯伯的孩子比你还大呢。就连那个孩子也恨你妈呢。要是学校的老师、同学知道了你妈妈的事情，你不会觉得很羞耻吗？”

“孩子没有罪过。”母亲说道。

“孩子没有罪过，那就应该把孩子教育成无罪的样子……没有罪过的孩子怎么还哭得那么有声有色？”

这是我十一二岁时候的事情。

“这对孩子不是好事，可怜的孩子……你打算让她在阴影中长大吗？”

当时我还年幼，但已经感觉到心胸撕裂的痛苦，这比起母亲之死，比起与您的分别更加扎心锥肺。

抵达别府已是中午，然后我坐汽车游览地狱温泉。由于船上同住一室的老板娘的缘分，我便住宿在观海寺温泉旅馆。

今天早上乘船在伊予滩海上航行，风平浪静，阳光照射在船舱窗户上，我脱下外套，只穿着罩衫，却还是汗水津津。进入别府港口，左边是高崎山，往右连绵逶迤的群山像一个巨大的浑圆的波浪环抱着城市。日本画上装饰性风格的波涛，我觉得在这里可以看到。观海寺温泉旅馆位于后山的高地上，从浴池可以眺望城市、港口，一览无余。我感到吃惊，没想到这个地方还有如此宽敞明朗的温泉浴场。游览地狱温泉，车费一百日元，参观费一百日元，能游览十五六处，其中很多是私人拥有的温泉，他们成立了一个“地狱组合”来管理此处。坐汽车游览一周大约两个半小时。

地狱温泉中，血池地狱和海地狱具有妖艳的神秘性，那种温泉的颜色实在难以形容。血池地狱好像从水底喷出鲜血，透明的温泉水里，融化着血淋淋的殷红，而且水面上冒着蒸汽。海地狱是由于温泉水具有海水般的颜色而得名，我没见过如此清澈澄净的蔚蓝色的水。在远离城市的山间旅馆，夜半想起血池地狱和海地狱这样不可思议的色彩，感觉犹如梦幻世界的泉水。如果母亲和我还在爱的地狱里徘徊彷徨，那里也一定有这样美丽的泉水吧？我心醉神迷于地狱温泉的色彩里。对不起。

三

十月二十一日，于饭田高原筋汤。

位于高原深处的筋汤温泉旅馆，我在房间里，除了毛衣外，还套上了旅馆里的厚棉袍，却依然能感受到夜间砭人肌骨的寒气，将肩膀倾斜在火盆上取暖。这家旅馆好像是失火后重新修缮的，门窗都关不严实。筋汤位于千米以上的高地，我明天要翻越一千五百米的山顶，然后住宿在一千三百米的温泉旅馆里。从东京出发的时候，就已经做好御寒的准备，这个地方与今晨离开的别府气温简直天差地别。

明天是九重山，后天就要抵达竹田。不论是明天还是后天，我在旅馆里都会继续给您写信，可是，我在信里最想对您说的是什么呢？当然不是旅行日记。是九重山和父亲的故乡会对我说的那些话吧。

也许想说“告别”，但我非常明白，不告而别才是最好的告别。我和您似乎没有说过很多话，但觉得我们说过相当多的话。

——请您宽恕母亲。我每次见到您，都说这句话，替母亲道歉。

我为了获得您的宽恕，第一次去您家里的时候，您从母亲那里早就知道她有我这么个女儿。

——您说曾想象过，想和这位小姐谈论您父亲的事情。

关于家父的事情自然要谈，但如果有朝一日能和您谈论令堂的事情，那该多好。

那个时候没有谈。“有朝一日”已经永远失去。如果现在让我们见面谈论令尊与家母的事情，我会在悔恨和羞辱中浑身颤抖。不能谈论亲人的事，他们的孩子还能够相爱吗？写到这里，我潸然泪下。

我自从十一二岁听到栗本师傅的责骂以后，知道“三谷伯伯”家里有一个男孩子，这一直深深烙在我的心间。但是，我一次也没有说起“三谷伯伯”和他家男孩子的事。我觉得说出来很不好。这个孩子是否上了战场，我作为一个小学生，更是不能打听。

空袭厉害以后，令尊经常到我家里来，我担心万一发生什么变故，他家的孩子就和我一样，成为无父之子，所以才送他回家。其实想起来，他家的孩子已经长大到都可以当兵的大人了，而我还和少年的想法差不多。因为第一次听师傅说到您的时候，伤心就一直浸透心里。

我的母亲能力很差，所以我得经常出去采购。在推推搡搡的人群中挤上火车，有一次，我遇见一个漂亮的女人。我挤到她身边，和她攀谈起来，从何处来何处去、买些什么东西这些闲话开始，逐渐谈到身世际遇。

“我是二老婆。”漂亮女人很坦率地告诉我。

可能受到她的真诚态度的感染，当初还是学生的我也说道：

“我也是二老婆的孩子。”那个人很吃惊。

“啊？可是，你都长这么大了，真好……”

她好像对“二老婆的孩子”的含义理解有误，我面红耳赤，不过没有加以纠正。

那个女人似乎很同情我的生活境遇，经常约我一起出去购买东西，还从她的老家新潟县农村运大米过来。我忘不了这个人。

长这么大，有什么好呢？我已经不能和你谈论令尊和家母的事情了。

此刻外面传来“温泉瀑布”[①]的声音。人们称此为“挨打”，有几道温泉如瀑布般奔泻下来，打在人身上。据说能有效减轻肌肉僵硬导致的疼痛，所以这家旅馆就叫作“筋汤”。旅馆里面的浴池没有这样的设施，必须到大公共浴池。这个筋汤位于涌盖山与黑岩山之间的山谷深处，一到夜间，山间冷飕飕的寒气降临下来。这里与别府的血池地狱、海地狱不同，白天观赏了山上美丽的红叶。从别府后面的城岛高原眺望由布岳，景致很美，但是从丰后中村站攀登通往饭田高原的上坡路上，能看见九醉溪的红叶。拐过十三道湾，回头一看，只见山阴面和山谷皱襞在逆光里色泽沉郁，红叶之美更加深邃。照射在山顶稍下的平地上的夕阳，将红叶营造出一个庄严的世界。

我想，明天定然是一个晴天，适合登高原、爬山的好日子。我从遥远的山谷旅馆里祝福您晚安。我出门旅行以来的三天里，晚上都没有做梦。

---

①温泉瀑布，筋汤温泉的特色。从公共浴池内三米的高处有温泉如一道道瀑布一样奔泻下来，打在人身上，据说可以舒筋活血，缓解肩膀的僵硬和肌肉的疼痛。这是“筋汤”名字的由来，也被称为“挨打温泉”。

从摔碎志野陶茶碗的那天晚上借住朋友家之后的三个月里，我经常连续几天夜不能寐。住在朋友家里，我觉得时间太长，总是麻烦人家。我还让她去上野公园后面的租赁房里把我留在那里的一些行李拿过来。

这个朋友告诉我，第二天，就有人搬进上野公园后面的那间屋子里。但是，我没有告诉朋友为什么我要逃离那里。

“我爱上了不该爱的人。”我只能这样对朋友说。

“但是，你被他爱过。”被不该爱的人爱上了，这样的话多半是瞎话。女人就喜欢编瞎话。不过，我把您说的话当成真话……朋友的意思，也许是说这世界上根本就不会有绝对不该爱的人。也许真的是这样，比如我的母亲打算为此而死……

但是，我想美化母亲之死，可是能把我带到什么地方呢？这一点，您最清楚。即使不是被带去，而是我自己去，我还无法知道，这是否就是乱心。自己能否把自己所做的事情叫作乱心呢？另外，作为旁观者，能否把别人所做的事情称为乱心呢？能否把神或者命运对人类所做事情的宽恕叫作乱心呢？

我这样写出来感觉不太好，我所依靠的朋友先前与一个男子发生过错误的行为，也许正因为如此，她才能成为我的依靠。所以，她马上就察觉出我的事情。不过，她不会知道我被卷入后悔的旋涡。

我也有与母亲相似的地方，那就是不太介怀，行若无事，过不了多久就逐渐开朗快活起来，于是朋友也就很放心地让我独自出来旅行。

一个女人独自投宿旅馆，比起与母亲在一起的日子，比起母亲死后孤单一人的时光，显然感觉潇洒痛快，但是到了夜间，仍然陷入不安孤愁的心境，于是只好写这样发不出去的信函。那三个月的时间，我都已经默默忍受过来了，那么现在又想说些什么呢？

四

十月二十二日，于法华院温泉……

今天翻越一千五百米的诹蛾守越山顶，投宿在一千三百米的法华院温泉旅馆。据说这是九州最高的山中温泉。我的目的地是竹田町，我的旅途安排，今天就是翻山越岭，明天下山，前往久住町，然后抵达竹田。

也许是太阳底下在高原行走的缘故，也许是硫黄味太强的缘故，今晚感觉有点儿累。不仅仅是温泉的硫黄味，更有诹蛾守越山旁边的那座硫黄山随风飘来的强烈气味。据说银制的钟表一天就会发黑。

——昨天早晨五摄氏度，今天早晨四摄氏度……据旅馆的人说，今晚要比昨晚寒冷。我不知道早晨几点看的温度计，也许拂晓前气温降到了零摄氏度。

不过，我住的是别栋二楼玲珑别致的房间里，双层玻璃窗，可以有效地防寒，旅馆里的棉袍也很厚，火盆也烧得很旺，要比昨晚的筋汤舒服，不过，还是能感觉到寒山夜气的侵袭。

法华院旅馆是山间独栋房，连信件报刊都不给送达，据说离村子三里[①]地，最近的邻居在一里半之外，距离小学校也是三里地，开学的时候，孩子们就必须寄宿在山下的村子里。

旅馆里有两个小孩子，哥哥六岁，妹妹四岁，因为住在旅馆里的人就我一个是单身女子，孩子的祖母就过来和我聊天，两个孩子也跟着过来，互相争抢要坐在祖母的膝盖上。起先是妹妹骑在祖母的大腿上抱着祖母，但是哥哥要把她推下去，妹妹激烈反抗，互相推搡，互相追逐，互相扭在一起。哥哥的眼睛非常灵动漂亮；妹妹瞪着严厉的大眼睛，表情坚定，一副强悍的架势。也许是山间强烈的阳光让她形成这样坚毅的目光。

“你们家孩子没有什么左邻右舍的孩子做朋友吧？”我问道。

“不走三里路，就没有邻居家的孩子。”

生妹妹的时候，哥哥说：

“妈妈都是和我一起睡觉，怎么就有小孩子了？”

没生妹妹之前，哥哥就说：

①里，日本距离单位。明治时期定 1 里约为 3.9 千米。

“生了小婴儿，我就和小婴儿睡。”

不过，男孩子一直都是和祖母睡一起。到了冬天，旅馆关门，全家人都下山到村里去住，不过，在山上独栋房里长大的孩子，他们那明亮坚定的眼睛深深吸引了我。漂亮的圆脸蛋的孩子。

我忽然想到自己就是独生女。

出生以来，一直就是独生女的生活，习以为常，平时就没有意识到。当然，也并非毫无意识，只是没有深入去思考。希望有哥哥或者姐姐那样女学生般的感伤也消失得无影无踪。甚至在母亲去世的时候，我都没有想到要是有个兄弟那该多好，而是立即给您打电话。我让您成为隐瞒母亲之死的共犯。后来一想，仿佛母亲之死的责任就在于您……如果我有哥哥的话，就不会发生这样的事。要是有哥哥，母亲也许就不会去死，至少我不会坠入罪恶悲哀的深渊。如今想起来，都还会让自己惊醒。我作为独生女，本不该对您娇纵依赖，但是我肯定对您极度依赖了。

一个独生女，独自投宿在一家山中独栋房，一种想呼喊哥哥（现实中并不存在的哥哥）的欲望袭上心头。哪怕没有哥哥，姐姐、妹妹，乃至兄弟也行啊。我想呼唤在世间并不存在的兄弟，这种心情是不是很可笑呢？

说到独生女，其实您也是独生子，但是我以前没有想到过。

即使令尊到我家里来，也不谈自己家里的事，所以他没说您是独生子。记得有一次，他对我说："没有兄弟姐妹，一个人太孤单了。有弟妹多好。"

我听了以后，脸色发白，几乎是浑身发抖。

"是这样的……太田过世的时候，也说只有一个女孩，实在太可怜了。"

母亲为人厚道，随声附和，她看到我这个样子，惊骇不已。

我感到憎恶和恐惧。那时候，我十四五岁吧，已经知道母亲的事情。我想令尊所说的莫非要生个跟我同母异父的孩子？大概这是我的胡思乱想吧。也许是令尊想起自己只有独生子吧？也许是令尊觉得我们母女相依的情景有点儿寂寞的缘故吧？但是，当时我的心情反应十分强烈。我甚至下决心，如果母亲再生孩子，我就把那个婴儿杀死。杀人这种想法，之前与之后从未有过，就是当时一时的想法，也许真的想杀人。我不知道这是出于憎恨，还是妒忌，抑或愤怒，也许就是少女的一种固执的战栗吧。母亲似乎感觉到什么，补充道：

"看过手相，也说是就一个孩子。"

她又补了一句："就一个出类拔萃的孩子。"

"那倒是……不过，独生子有一个倾向，不愿意与人交往，喜欢自己生活，迷恋自我，不善交际。"

也许令尊看到我表情严肃，默不作声，才这样说的吧。我采取回避的态度，既不看他的脸，也不开口说话。我的性格很像母亲，不是一个忧郁内向的孩子，平时也很开朗快乐，可是令尊一来，我就变得脸色难看，沉默寡言。面对我这种孩子气的抗议，母亲心里一定很难过。令尊所说的也许不是我，而是您。

可是，如果真的生出了我想要杀死的孩子，那会怎么样？那样的话，我就有了弟弟或者妹妹，您也就有了弟弟或者妹妹……

——啊，太可怕了！

我行走在高原上，我翻越山岭，应该洗涤掉这种病态的谬想，应该是在“晴朗的天气”中走过来的。

“晴朗的好天气。”

“哈，真是晴朗的天气。”

今天早晨，我离开筋汤上路，没走多久，就听见村里人这样互相问候。这里的人们习惯把“好天气”说成“晴朗的天气”，而且语尾“天气”两个字特别明显清晰。这样的问候让我的心情也晴朗起来。

真的是晴朗的好天气。路边的芒草还是茅草的穗头在旭日映照下浸透着银色的光芒。槲树的红叶也是光彩闪烁。左边的杉树之间，显得阴暗深沉。田埂上铺着草席，让穿着红色和服的幼儿坐在上面，白布做里子的布袋装着吃的东西，玩具也放在草席上。母亲在收割稻子。这一带天气冷得早，插秧也早，据说在田头一边烧火取暖，一边插秧。但是，今天我看见小孩子坐在田埂的草席上晒太阳，阳光暖和，所以我只是换了一双橡胶底的帆布鞋，没有做防寒的准备。

从筋汤出发，有好几条登山道，也有近路登上山顶，可是我选择先到饭田的邮局或者学校附近，再走上高原，可以悠然欣赏九重山的连绵迤逦的群山。因为不登山，只是从诹蛾守越走到法华院，行程应该比较轻松。

所谓九重山，从东边数过去，有黑岳、大船山、久住山、三俣山、黑岩山、星生山、猎师岳、涌盖山、一目山、泉水山等，群山蜿蜒起伏，连绵一体，统称为“九重山”。这些山脉的北侧就是饭田高原。

说是群山北侧，其实涌盖山向西伸绕，崩平山等则在高原的北面，所以高原被群山环绕，或者说被四面八方的山脉支撑托起，浮现空中，才形成浑圆的状态。这是一座浮现在空中的美梦国度的高原。山上红叶耀眼，芒草的穗头翻动着银白色的波浪，但是我总觉得高原上荡漾着一种柔和的紫色。据说高原高度为一千米，东西与南北的宽度均为八千米。

我南北向行走，来到一个广阔的平原上，正前方面对的是三俣山和星生山之间，远处的硫黄山烟雾缭绕。群山晴朗清晰，历历在目。只有右侧的涌盖山的天空飘浮着几抹淡淡的白云。离开东京的时候，我就一直期待能在“晴朗的天气”里站在这个高原上，如今感到非常幸福。

我只了解信浓高原，但正如很多人所说的那样，饭田高原是一个充满浪漫情调的地方。它柔和明朗，令人浮想联翩，放飞思绪，同时又可以宁静地收藏在心间。南侧的绵延群山也是姿态优雅柔美。当轮船进入别府港的时候，群山像一道圆形的波浪环抱着城市，很让我心旷神怡。从饭田高原上看到的九重山，就让我感受到从其高度而言意想不到的亲切的和谐感，这样的排列保持均衡一致的协调。久住山海拔一千七百八十七米，是九州最高的山；大船山海拔一千七百八十七米，是九州第二位的高山。[①] 比这两座高山毫不逊色的，还有三俣山和星生山，高度都在一千七百四十米到一千七百六十米之间。好像高度在一千七百米以上的有十座山。不过，站在千米的高原上，再看四周高度不是相差很大的群山，就给人柔和的感觉。又是地处南国，离海又不远，也许这使得整个高原呈现一种暖色。

我走到高原中部的长者原，坐在松树下休息了很长时间。长者原散落着稀疏的松树群，我喜欢草原上的松树。继续走不多久，我又坐在松树下，吃着便当。这时已经两点左右吧，显然过了午饭时间。我环视辽阔的秋草红叶，从我所在的位置来看，向光与逆光的地方，两者的颜色有着微妙的不同。各座山的颜色也不尽相同。红叶色浓的山脉犹如玻璃彩绘般的妖艳。

①作者在这里对山的高度采取约数，久住山标高 1786.5 米，大船山标高 1786.2 米。

我仿佛身在大自然的天堂里。

“啊，这儿值得一来。”我大声说出来。我激动得落泪，芒草的穗浪在我蒙眬的泪眼中泛动着银白色的光。这不是污染悲伤的泪水，这是洗濯悲伤的泪水。

因为我思念您，因为我要和您告别，才来到这个高原——父亲的故乡。如果对您的思念伴随着懊悔和罪恶，我就无法和您告别，也无法重新开始我的人生。请您宽恕我，即使来到这遥远的高原，也依然剪不断对您的思念。我是为了与您告别，才思念您。我行走在草原上，一边眺望群山，一边深深陷入对您的思念。

我坐在松树底下，思念着您，心想如果这里是没有屋顶的天堂，不是就可以直接升天了吗？所以我在松树底下不想动弹。我全神贯注地为您的幸福祈祷。

“请您和雪子结婚吧。”

我这样说，我与心中的您道别。

我不会忘记您，不管以后我会以如何丑恶污浊的心态想起您，但是在这个高原上思念您的时候，我对您的告别是真诚的。母亲与我，今天从您那里彻底消失。最后再一次表示道歉。

“请您宽恕母亲。”

从饭田高原翻越诹蛾守越，好像要走三俣山山麓的坡路，但是，我选择运送硫黄的那条道。越走近硫黄山，越感觉山容的可怕，从远处就能看到硫黄喷火般的烟雾，在开阔的山腰一带喷出硫黄，一直到山脊，寸草不生，整座山烧得满目疮痍，岩石、泥土都已经千疮百孔，露出荒凉黝黑的地表。感觉这里是一片毫无光泽的灰褐色废墟。左侧的小山正在开采天然的硫黄。人们在喷气孔里安一个圆筒，把从筒口垂流出来的冰柱般的硫黄刮下来。我穿过开采场的烟雾，跨过遍布满地的石块，到达山顶。

从山顶下去，走到北千里滨，再回头一看，即将从山峰坠落的太阳在硫黄烟雾的弥漫中，如一轮苍白的月亮妖精。我的前方是大船山的红叶，夕阳余晖中，鲜艳锦绣。下去一个陡坡，便是法华院温泉。

今晚这封信写得很长。我只是想把离开后毫无污浊的高原美景告诉您。别惦念我，好好睡觉吧。

五

十月二十三日，于竹田町。

我来到故乡的城镇。

今天傍晚，我穿过岩山的门洞进入竹田町。从法华院温泉下到久住高原，从久住町到竹田，乘坐公交车需要五十分钟。

我住在伯父家里。这是父亲出生的家。我第一次看见父亲出生的家，有种不可思议的感觉。我一直觉得这座城镇对我来说既是故乡也是异乡，今天见到与父亲相貌酷似的伯父，在时隔十年之后，父亲的面影栩栩如生地浮现在我的脑海里，无家的我仿佛有了自己的家。

我说是从别府绕九重过来的，伯父他们都大吃一惊。独自一人在山上行走，投宿温泉旅馆，这大概是一个胆大倔强的姑娘。虽然我想去看山，但对来父亲的故乡还是犹豫的。父亲过世以后，母亲与父亲这边的家族就疏远了，那种生活状态，也无法与父亲的亲戚们见面。

“你从船上给我们发一封电报，我们可以到别府接你……别府离这儿很近。”伯父这样说。我想，我先前曾去过一封信，说自己要去老家，但还是先收到了他们的电报。

“弟弟去世的时候，你多大？”

“十岁。”

“十岁了。”伯父重复一遍，看着我。

“你长得和你妈一模一样。我没怎么见过她，可是看到你，就会想起来。不过，有一些地方长得像弟弟，耳朵的形状，毕竟是太田家的耳朵。”

“见到伯伯，我就想起爸爸。”

“是吗？”

“我很快就要去上班的，到时候就没时间出来旅行。趁着没上班，过来看看您。”

如今我孤身一人，我不想让他们以为我是来诉说身世遭遇的，我对伯父没有任何索求。母亲过世的时候，伯父也没来吊唁。从九州过去也来不及，而且母亲是采用秘葬的方式，不通知任何人……

我只是为了想对母亲有关联的您告别，才来到父亲的故乡看一看。我只是想从母亲狂爱的旋涡里挣扎出来，回归对父亲正常的回忆。然而，在暮色中进入这座岩山环绕的小城镇的时候，我就产生一种战败逃兵隐蔽山村的落寞感。

今天早上在法华院旅馆睡了个懒觉。

“早上好。”旅馆的人向我问候，说孩子们一大早就在下面“打闹”，大概没睡好吧？可是我酣然大睡，一无所知。

那个目光坚定的妹妹跟着送早餐的侍者过来，她挨着祖母坐，但据说今天早晨从主房与旁屋之间的桥上掉下去。那座桥约高十五尺，幸亏掉在三块岩石矗立的正中间，才没伤着，捡了一条命。

“木屐掉水里了！木屐掉水里了！”她被救上来之后还哭咧咧地说。大家嘲笑她：“要不你再掉下去看看……”

“都没衣服了，算了吧。”

女孩子的和服晾晒在小河边的石头上。和服布料粗糙，藏青底碎白花纹的无袖棉坎肩，上面印染着蝴蝶和牡丹的图案。我看到阳光照射在这红色的棉坎肩上，感觉到生命温馨的恩惠。

这小女孩恰巧掉落在三块石头之间，平安无恙，这究竟是什么缘故？三块石头之间的空间很小，仅仅容得下幼小孩子的身体，如果稍微偏差一点儿，就会撞击在岩石上，即使不至于丧命，也许会变成残疾。小孩子似乎不知道这其中的危险和恐惧，身体没有任何疼痛，跟没事人一样。这么好的运气，掉下去的是这个孩子，可我觉得又不是这个孩子。

我无法让母亲死而复生。但是，想到有什么东西可以让我重生，于是我祈祷您幸福的这颗心越发坚强。我想，在人类的污辱与罪孽的岩石之间，应该也会有拯救的地方吧，像这个孩子掉下去那样安全无虞。

我怀着祈祷孩子幸运的心情，抚摩着她浓密的刘海儿，离开法华院。

因为大船山的红叶美不胜收，于是我决定取道坊鹤。坊鹤是一处被三俣山、大船山、平治岳等山岭环抱的盆地。昨天从背面观看过三俣山，一直走到筑紫山岳会的马醉木小屋①。马醉木的树丛中，生长着可爱的玉柏石松，与土马鬃相似，高两三寸，另外还有越橘、高山钟花。听说大船山的红叶中，点缀着黑色的杜鹃花。有的低矮的一棵树，树冠铺展开来，有六叠那么宽阔。坊鹤多有朱砂杜鹃花，而且这里的芒草低矮细小，穗花只有一寸左右。

①马醉木小屋，供九重山的登山者住宿的屋子，由法华院温泉旅馆管理。

听说今天早晨山顶气温降到零摄氏度，但是坊鹤还很暖和，红叶的颜色让盆地有一种温暖的感觉。

回到旅馆附近，从白口岳和立中山之间的锌立山顶下去，到达佐渡漥。盆地状似佐渡岛，很多大蓟草都已经枯萎。从佐渡漥下到锅破坂，出朽网别，可以望见久住高原，视野开阔。从锅破坂的杂树林中穿过去，沿着石子路下去，一片安静，只能听见自己踩踏落叶的声音。

路上没有遇见其他人，感觉到独自踩踏大自然的脚步声。出了朽网别，左侧清水山的红叶正开得如火如荼。本来从这里可以眺望阿苏的五岳，可惜云遮雾绕，只能隐约望见祖母山、倾山等绵亘峰峦。不过，在久住高原二十千米的草原上，可以眺望阿苏北面的山麓原野波野原，广袤辽阔，蔚为壮观。从南面回看九重（或者叫久住）的群山，山头云雾遮蔽。我穿过齐背高的芒草丛，再经过一个放牧场，回到久住町。

久住町的南面登山道口，有一座名字稀罕的猪鹿狼寺的寺庙遗迹。猪鹿狼寺也好，法华院也好，都是具有数百年历史的灵场。我感觉自己也经过了灵场，心情非常舒畅。

伯父家里人都已经睡觉了，我就像住在旅馆里一样，没有入睡，给您写信。

晚安。

六

十月二十四日，于竹田町。

丰肥线的火车抵达竹田车站，发车时，车站里都要播放《荒城之月》的音乐。镇里的人都说，泷廉太郎[①]一直把这座城镇的冈城遗址置于心间，于是为《荒城之月》谱曲。泷廉太郎的父亲于明治二十年前后在这里担任郡长，据说他本人也在竹田町以前的高等小学上学，少年时代的廉太郎曾去冈城遗址游玩过。

泷廉太郎死于明治三十六年（1903），年仅二十五岁。这是虚岁，算起来，我后年就是这个岁数。

——我想在二十五岁时死去。我想起来，在女中时曾经对同学们这样说过，感觉同学们也这样说过。

《荒城之月》的词作者土井晚翠[②]也于今年去世。在我来到竹田町不久前，在冈城遗址举办过晚翠追悼会。据说作曲的廉太郎与作词的晚翠在伦敦见过一次面，那是很早以前的事情，在我的父亲还是小孩子的时候，年轻的诗人与音乐家在异国他

①泷廉太郎（1879—1903），音乐家、作曲家。明治时代的西洋音乐黎明期的代表音乐家之一。代表作有《荒城之月》《箱根八里》《花》等。《荒城之月》土井晚翠作词。

②土井晚翠（1871—1952），明治、大正时期的诗人。与岛崎藤村齐名。擅长叙事诗，具有明显的汉诗风格。代表作有《天地有情》《星落秋风五丈原》《游子吟》等。

乡邂逅相会，这个是否就是《荒城之月》的缘故，我自然无从知晓。但是，他们给后人留下如此优美的歌曲，如今无人不会《荒城之月》。可是，我也与您见过一面，留下了什么呢？

——泷廉太郎这样的天才之子……我忽然这么想，我都为自己感到吃惊。我之所以能这么想，之所以能这样告诉您，大概是我已经到了父亲的故乡而心情平静下来的缘故吧。不过，您是否想过，女人的心底或许都会存在不知道是惧怕还是高兴而造成的颤抖呢？您是否也有过和我一样心头浮现出不安的时候呢？我从那些出人意料的颤抖中体会到自己是一个女人。我曾做过这样的打算——什么都不告诉您，什么都瞒着您，我独自静静地长大成熟。如果这样做的话，表明我做出虚幻的决定，这也是我作为母亲的女儿的一种最终因果。您觉得吃惊吗？我作为一个女人，仅仅这样就足以使我落魄。但这种不安不会持续多久。

在竹田车站，我听到《荒城之月》，不过是让我想起当时的颤抖而已。

岩山环绕竹田町，

河流[1]湍急听秋声。

今天打算在街上转转，在我走过秋水潺潺的桥上时，听见

①河流，指奥岳川。

了歌声。歌声把我吸引到车站。大概在车站里的什么地方，通过唱片发出的声音。昨天我不是乘坐火车，而是乘坐公交车从久住町过来的，所以没有在意。

河流就在车站前面流淌。从车站返回桥上，歌声还在继续，我倚靠在栏杆上，看着流水，驻足静听。河的左岸，河滩的大岩石上竖立着柱子，在柱子上搭盖着一排排的房屋，这小房子的住家在空中伸向河水上边。有妇女在河水岩石的边上洗衣服。车站后面是岩山的石壁，紧贴逼近，石壁如一道细窄的瀑布落在水里。岩山上红叶如火，但依然各处残留着青绿的颜色。

我一边思念您，一边在父亲故乡的城镇上转悠。父亲的故乡对我而言，已经不再是陌生的地方。昨天傍晚到这里的时候，我还不认识它，今天一转，才发现原来真是个小城镇。不论朝哪个方向走，最终都会撞到岩山的石壁。我也感觉自己“被置于”四周岩山之中。

昨夜看见伯父使用的旅馆火柴盒上印刷着“山清水秀，竹田美人”几个字。

——跟京都一样。我笑起来。

——这是真的哦。竹田美人，名不虚传。像弹琴、茶道这些，自古以来就是游玩娱乐盛行之地。这里的水也干净清洁。家家户户屋檐下面的小水沟，这里叫“井出”，您的父亲小时候天天早晨用“井出”的水漱口，也用来洗碗。

这个小镇的人口仅有一万，寺院却有十几座，神社也有近十处，从这一点看，可以称得上“小京都”。

——竹田美人现在没有了。伯父说道，以前人们都能数出来有多少人去了东京。我走在街头，觉得这里的女子的确清爽漂亮。走到镇子尽头的洞门附近的时候，看见岩山上枫叶层林尽染，而洞门对面出口处矗立的岩石上还有苍翠的青苔。一位身穿白色毛衣的美丽少女从这道绿色前面走来。

有一条柏油路横穿城镇的中心，两边是商店街，有几盏铃兰花形状的街灯，但是往横里一拐，便是宁静的古老的街面，而且岩山石壁就好像近在眼前。石崖、白色的库房、黑色的板墙、行将坍塌的围墙，看上去就是一座老城，但据说明治十年西南战争[①]的时候，整座城镇遭受战火，化为灰烬。尚有几家躲过劫难，残留在山麓一带。回到伯父家，一说到城镇的话题，伯母总会说道：

“文子把整个镇子的各个角落都走遍了。”

田能村竹田[②]的故居、田伏宅邸遗址的天主教隐蔽礼拜堂、中川神社的圣地亚哥的钟、广濑神社、冈城遗址、鱼住瀑布、碧云寺等，不到半天的时间，我就走遍了这些名胜古迹。

①西南战争，发生于明治十年（1877）2月至9月，是明治维新期间平定鹿儿岛士族反政府叛乱的一次著名战役。因为鹿儿岛地处日本西南，故称之为“西南战争”。西南战争的结束，代表着明治维新以来的倒幕派正式终结。

②田能村竹田（1777—1835），江户时代后期的文人画家。其画作有几十幅被指定为重要文化财。其画论、画史著述影响颇大，主要有《屠赤琐琐录》《山中人饶舌》等。

竹田町的人们大多把竹田称为“竹田先生”。昨天我从久住过来的路上，就是过去大名[①]行列经过，竹田、广濑淡窗[②]等许多丰后的文人走过的道路。赖山阳[③]前来造访竹田，走的也是这条路。竹田的旧居里，至今还保存着赖山阳与竹田品茗谈论的茶室。这间茶室与主房之间的庭园里，阳光照射在芭蕉发黄、枯折的破叶上。泡桐的叶子也已经发黄。主房前面还残留着菜地的遗迹，据说竹田从这块菜地上摘菜招待山阳。竹田纪念馆的画圣堂是新的建筑物，但里面设有茶席，听说可以喝到抹茶，还能欣赏竹田的南画。

天主教隐蔽礼拜堂就在竹田庄附近，在竹丛里头的石壁上凿开一个相当宽敞的洞窟，圣地亚哥的钟上刻着这样的字句：1612.SANTIAGO HOSPITAL（1612. 圣地亚哥医院）。

竹田过去的城主是天主教徒。

竹田庄庭园里立着织部灯笼，顺着小路往上走不多远，再一右拐，便是竹田庄的石崖，对面左拐处，是古田织部[④]的后裔

①大名，江户时代，将军直属的家臣中，俸禄在一万石以上的武士。根据“参勤交代”制度的规定，大名轮流去江户居住，原则上一年一轮换。此处指大名去江户时经过此地。

②广濑淡窗（1782—1856），江户时代的儒学学者、教育者、汉诗诗人。主张将各学派相融合，为折中派代表学者。著有《约言》《迂言》《谈窗诗话》等。

③赖山阳（1781—1832），江户时代后期历史学家、思想家、汉诗人、艺术家、阳明学者。著有《日本外史》《日本政记》，对幕末尊王攘夷志士有很大影响。

④古田织部，即古田重然（1544—1615），战国时代的武将。织部是他受封的官职。此后以古田织部之名闻名于茶道界，在茶器制作、建筑、造园方面皆有创新。安土桃山时代的流行“织部风”文化。

居住的地方。从跟前走过，我心头怦怦直跳。传说古田织部的儿子来竹田定居，好像是在上殿町，过去那一带是武士宅邸集中的地方。

我忘不了，在圆觉寺的茶会上与您第一次见面的时候，稻村雪子小姐在点茶，问栗本师傅：

“您用什么茶碗？”

“就用那个黑织部茶碗。”

“这是三谷少爷的父亲珍爱的茶碗，也是他赠送给我的。”栗本师傅是这么说的。但是，在令尊使用这个茶碗之前，是过世的家父所拥有的东西。是家母把这茶碗转让给令尊的。雪子小姐用这只黑织部茶碗点茶，您接过去喝了。仅仅这个过程，我就抬不起头来，这是怎么回事呢？

母亲说：“我也想用这个茶碗……”

难道母亲是把命运的毒药喝下去了吗？

我没有考虑到父亲的故乡来回忆那次茶席的种种事情。如果那只黑织部茶碗还在师傅手里的话，请您把它收回来，让它从此无影无踪吧，就像您认定我无影无踪一样。

我走遍父亲的故乡，我即将离开竹田町。我之所以啰啰唆唆写了竹田町的这些事情，是因为我不会再来了，也是因为我想在父亲的故乡与您告别，虽然我不打算发出这封信，即便寄出去，也是最后一封信。

冈城遗址，除了石崖以外，别无他物。不过，登上当年城堡要塞所在的高地，却是个眺望的好去处，秋高气爽之日，祖母山、倾山等群山尽收眼底，相反方向的九重山脉，只有大船山上头挂着一些薄薄的白云。我一路走来的高原、山岭都在那个方向。在我行走在高原的松林、芒草的穗花波浪中思念您的时候，我知道可以与您告别了。到如今还在说“告别”之类的话，那说明我对您还是恋恋不舍、藕断丝连，即便我应该从您的心中消失，但是作为一个女人，恐怕难以做到。请您原谅。晚安。

旅途上写的信，虽然我说请您和雪子小姐结婚，当然此事还是由您自主判断。我和母亲绝对不会干扰您的自由、您的幸福。也请您不要再继续寻找我了。

旅行的六天里，写了这些无聊的文字，可见我这个女人是何等唠叨。我只是想让您懂得一个与您告别的女人的心情，但是，语言是苍白无力的，只有把女人放在自己的身边才会明白，但现在我做不到。我将要从父亲的故乡向新生活出发。再见。

七

菊治在将近一年半之前阅读过文子的来信，与雪子新婚旅行后重读文子的来信，对文子语言文字的感受力有着相当大的不同。

但是，他不明白什么地方不同。这就是语言的苍白无力吗？

菊治走到新居的庭院里，将文子的一沓来信付之一炬。这个院子算不上庭院，就是在狭窄的一块空地四周围上简陋的板墙而已。

信纸潮湿，一时燃烧不起来。

于是菊治将信纸拆开，不停地划火柴，文子信上的墨色迅速变化，燃成灰烬，却还残留着文字。

"把语言全部烧尽！"

菊治把信纸一张一张地放在火焰上。

将文子所有的信函、所有的文字烧成灰烬，会是怎样的呢？菊治转过身子，躲开烟尘，站在板墙的一角，冬日的斜阳照在身上。

"这次旅行怎么样？"

走廊上突然传来栗本千佳子的声音，把菊治吓了一跳，浑身一哆嗦。

"怎么啦？也不说话。"千佳子说道，"怎么不回答？大家都说，新婚旅行，容易被小偷盯上。女佣还没来吧？也许先两个人生活一段时间比较好。雪子对您照顾得还好吧？"

"你是怎么知道的？"

"您是说这个新居吗？蛇有蛇道——我自有办法。"

“你就是一条蛇。”菊治没好气地说。

父亲去世以后，千佳子依然不打招呼，随随便便上家里来，可是，她突然间来到这个新居，让菊治感到极度的厌恶。

“不过啊，这么个大冷天的，让雪子干沾水的活儿不方便，所以我是来帮忙的。”

菊治没有回头看她。

“你在烧什么呢？是文子的信件吗？”

菊治把没有烧完的信放在膝盖上，但因为是蹲着的，千佳子应该看不见。

“把文子的来信烧掉，会暖和一些吧。这样做很好。”

“我的家已经落魄到这个程度了，以后你也就不要来了。我拒绝你来。”

“我不会妨碍您的。您想啊，你和雪子结婚是我搭的桥啊，这是多大的喜事啊。这样子，我也就放心了。以后啊，只是我给你们搭搭手，帮帮忙……”

菊治把没烧完的信纸悄悄揣进怀里，站起来。

千佳子看了菊治一眼，她站在走廊的尽头，后退一步，说道：“哎哟，怎么这么可怕的样子？因为雪子的行李还没有整理，我是来帮这个忙的……”

“你管得太宽了吧。”

“我没有管你们。我只是给你们帮忙，难道您不理解吗？”

千佳子当时就坐下来，一副筋疲力尽的样子，左肩耸起，微喘着气，有些害怕的样子。

“夫人回娘家了吧？为什么您把夫人留在娘家，自己一个人马上回到这里来呢？夫人也有担心的。”

“你也去雪子家了吗？”

“我是去祝贺的。如果这样做不对，我向您道歉。”

千佳子一直窥视菊治的表情，所以菊治控制住自己愤怒的心情：“对了，那只黑织部茶碗还在你那儿吧？”

“是令尊送给我的那只吧？是的。”

“还在你手里的话，将它让给我吧。”

“嗯？”

千佳子的目光先是疑惑不解，接着燃烧着怨恨的烈焰，但她还是回答道：“嗯。令尊送给我的东西，我一辈子都不想放手。但如果菊治少爷提出这个想法的话，今天，或者明天……是要举办茶席吗？”

“希望你今天马上就给我送来。”

“好的。把文子的信件烧毁以后，用黑织部茶碗尽情喝一杯吧。”

千佳子低着脑袋，双手向两旁划拉着什么似的走出去。

菊治又回到庭院，双手颤抖，久久划不着火柴。

新家庭

一

雪子是一个性格活泼开朗的姑娘，但是菊治经常发现她坐在钢琴旁发呆。

钢琴在这个家里，显然是庞然大物。

这是菊治新合作的生产厂家的产品。菊治的父亲曾是乐器公司的股东，这家乐器公司在战时一度改为兵工厂。战后，公司的一个技师打算制作自己设计的钢琴，由于父亲的关系，他经常到菊治家里商量。菊治就把卖房的收入给生产厂家做了投资。

这一家工厂并不大，它把试制出来的产品给菊治的新家送来了。雪子的钢琴留给了在老家的妹妹。其实，也不是不可以给老家的妹妹另购一架，所以，菊治几次对雪子说道："你要是觉得这一架不合适的话，把那一架要回来就是了。不要老是顾忌我和公司的关系。"

雪子坐在钢琴前发呆，菊治以为她是不喜欢这架钢琴，才这么说的。

“这架挺好的。”雪子没想到菊治这么说，回答道，“我虽然不太懂，但调音师不是也称赞过吗？”

其实，菊治心里明白雪子发呆的原因不在钢琴，而且雪子对钢琴的热情，弹琴的技艺，都没有到对钢琴的质量挑肥拣瘦的程度。

“我看你坐在钢琴前面发呆……”菊治说道，“所以想你是不是对这架钢琴不满意……”

“和钢琴无关。”雪子坦率地回答，本应该继续说出原因来，可是她突然改变主意，“你看见我发呆了？什么时候发现的？”

照一般的房屋建筑格局，玄关旁边是一间西式房间，钢琴就摆在里面，从旁边的餐厅以及二楼菊治的房间都看不见。

“在娘家的时候，平时总是热闹嘈杂，连静静发呆的时间都没有。难得发一次呆。”

菊治想起来，雪子的娘家，父母双亲、兄弟姐妹，一家子热热闹闹，来来往往的客人也很多。

“可是，以前和你见面的时候，给我的印象，感觉你不爱说话。”

“是吗？其实我可爱说话了。和母亲、妹妹在一起的时候，好像我的嘴就没停过。三个人当中，从来就没有安静下来的时候，总有人在说话，不过，也许我是这三个人当中说话最少的吧。我一觉得母亲在客人面前话太多，我就不说话。母亲那一套社交应酬的客套话，你要是听了，肯定也会厌烦的。要是一直待在母亲身边，也许我会变成一个沉默寡言、冷漠简慢的姑娘。妹妹倒是喜欢和母亲一唱一和的……”

“你妈妈想让你嫁给一个更豪阔的人家吧？”

“是。”雪子很坦诚，说道，“来这里以后，我说的话好像不到在娘家的十分之一吧。”

“因为白天就你一个人在家。”

“就是你在家里，我也没有说得热火朝天啊。”

“嗯，一起去散步的时候，你的话挺多的。”

菊治想起晚上两人一起散步的时候，雪子好像不在乎最近气温的寒冷，总是兴高采烈地说个不停，还依偎在菊治身旁，拉着他的手。只要雪子走出这个家门，是不是就有一种解放的感觉呢？

“现在我不能独自外出，以前在娘家的时候，到外面到处跑，回到家里，就把在外面的所见所闻讲给母亲听，然后，同样的话，又对父亲重复一遍。”雪子盯了菊治一会儿，点点头，接着说道，“我对父亲复述，有时候母亲也坐在一边听第二遍，还偷笑。”

雪子离开如此充满爱的家庭，却嫁到菊治这简陋的房子，坐在贫寒的餐厅里，菊治至今仍觉得不可理解。

菊治发现雪子眼睫毛里有一粒浅色的小痞子，这是两人共同生活以后才长出来的。

居住在一起以后，菊治发现雪子的牙齿非常美，齿若编贝。当他与雪子接吻的时候，都会感受到纯洁贝齿的魅力。

雪子已经习惯于接吻，菊治抱着她，眼泪会突然涌流出来。他们仅仅局限于接吻，所以菊治觉得雪子的确是无与伦比的可贵可爱。

然而，虽然他们只是停留在接吻上，雪子似乎并不像菊治那样懊恼和焦虑。雪子对结婚当然不会这么无知，但是仅仅接吻和拥抱就让她感受新鲜的惊奇，就让她充分获得爱情的满足感，对菊治也是做到夫唱妇随。

菊治有时候也在痛苦地反复思考，这样的新婚生活并非不正常不健康吧？

雪子从菜店买来萝卜、水菜等蔬菜，菊治看着蔬菜的绿色、白色，都觉得十分新鲜，仅仅这些不就是一种幸福吗？以前住在老房子的时候，和老女佣一起生活，他连厨房里的蔬菜都没见过。

“那么宽敞的房子，就你一个人住，不觉得寂寞吗？”

雪子来到这个新居不久，就这样问过菊治。这么短的一句问话，就让菊治深切感受到雪子对他过去生活的关心。

菊治早上醒来，发现身边没有雪子，他会感到孤独寂寞。

因为早上要做的家务事很多，雪子自然早起，但是，菊治醒来时只要看见雪子安静地睡在自己身旁，心中就会感到温暖。他甚至设法让自己比雪子早醒。如果身边的被窝里不见雪子，菊治甚至会感到一股轻微的不安会袭上心头。

一天傍晚，菊治一回到家里就说道：“雪子，你使用的是玛塔贝利王子香水吗？”

“是，怎么啦？”

“因为谈钢琴业务，见到一位女客户，她这么说的。还真有鼻子这么灵的人啊。”

“你身上怎么会有这个香味？”雪子拿起菊治的上衣闻了闻，忽然想起来，“对了，我把香水瓶忘在西服衣柜里了。”

二

二月末，接连下了三天雨，这一天是星期天，傍晚前雨停了，可是，柔和的阴云轻垂的天空上，铺着一层薄薄的淡红色。栗本千佳子抱着黑织部茶碗来到菊治家。

“噢，我把最大纪念品拿来了。”

千佳子说着，从双层盒子里把茶碗取出来，双手捧着端详观看，然后，放在菊治的膝盖前面。

“现在正是使用这只茶碗的时节，您看这个早山葵的图案……”

菊治拿起茶碗，也不看，说道：“我几乎都要忘了，你才拿来。那一天我让你当天拿来，你没拿来，我还以为你不会拿来了呢。”

“这只茶碗是早春时节使用，冬天拿来，不是派不上用场吗？再说了，这只茶碗离开我，我还真舍不得，这是怎么啦……”

雪子端来一杯粗茶。

“噢，夫人，不敢当。”千佳子故意大惊小怪地说道，“夫人，也不雇一个女佣，就这样过冬吗？你可真能忍受的。”

“我们想两人单独待些日子。”

雪子明确的回答，让菊治惊讶不已。

“佩服。好！”千佳子点了点头，继续说道，“夫人，你还记得这只黑织部茶碗吗？记忆很深刻吧？现在，我送给您，作为对你们的新婚祝福，这是最好的礼物了……”

雪子看着菊治，像是征求他的意见。

千佳子说道：“夫人也请到火盆边上来。”

“好。”

雪子靠着菊治身边坐下来，两人的臂肘触碰在一起。菊治想笑出来，不过强忍住了，说道：“我不要你送给我。我想买下来。”

“这怎么行呢？这是令尊送给我的，请您想想，即使我家道中落，能卖给您吗？”接着，千佳子直截了当地对雪子说道，

“夫人，我好久没有观看夫人的点茶了，像夫人这样朴实坦诚、情趣高雅的点茶小姐，独一无二。在圆觉寺的茶会上，夫人第一次用这只黑织部茶碗给菊治少爷献茶的情景如今又浮现在眼前。”

雪子没有说话。

“如果今天夫人能用这只黑织部茶碗给菊治少爷献上一道茶，那我特地把茶碗送来也就值得了。”

雪子低头回答道：“可是，我们家没有茶具。”

“哦，别这么说，点茶，只要有茶筅就可以。”

“啊。”

“请你珍惜这只茶碗。”

“好。”

千佳子瞧了一眼菊治的脸色，道：“说家里什么茶具都没有，净水罐总有吧？那个志野净水罐。”

菊治慌忙说道：“那是插花用的。”

太田夫人留下的净水罐，是她的纪念遗物，菊治确实没有卖掉，如今保存在这个家里。净水罐放在壁橱里，菊治几乎忘记了，今天千佳子冷不防提起来，令菊治着实一惊。

这就等于告诉菊治，千佳子对太田夫人的憎恶怨恨依然横亘于心，并未消除。

雪子送千佳子到玄关。

千佳子在门口仰望天空，说道：“城市的灯光映亮东京的夜空……感觉很暖和，真好。”

然后，她端起一边的肩膀，摇摇晃晃地走了。

雪子依然坐在玄关上，说道：“一口一个‘太太、太太’，假模假样的，讨厌死了。”

“是很讨厌。大概不会来了吧。”菊治也在玄关前面站了一会儿，“不过，‘城市的灯光映亮东京的夜空’这句话说得倒是不错。”

雪子走下来，打开玄关的门，眺望着天空，正想关门，回头见菊治还在望着天空，她也犹豫地没有关门。

“把门关上好吗？”

“嗯。”

“真的暖和了。”

雪子回到餐厅，看到黑织部茶碗还放在那里。她等着菊治把它收拾起来，菊治却说上街走走。

他们走上高台的宅邸街，在人少的地方，雪子主动伸手拉着菊治的手。雪子平时对手还是注意保养的，但是由于冬天洗洗涮涮的家务活，感觉她的手掌还是变得粗糙僵硬了。

雪子忽然说道：“那只茶碗，我们不白要，是要买过来吗？”

“啊，卖掉。”

“是吧？她过来就是打算卖的吧？”

“不。我把它卖给古董店，把卖的钱给栗本。”

“啊，你要把它卖掉？”

“那次圆觉寺的茶会使用这只茶碗，你不是也听见了吗？刚才栗本也说了，那只茶碗是我的父亲送给她的。可是，在我父亲拥有之前，那只茶碗是太田家的东西。正因为有这么一段历史缘由，才要卖掉……”

“不过，我倒不在乎这些。要真是著名的好茶碗，咱们自己保存，不是很好吗？”

“无疑那是好茶碗，正因为是好茶碗，为了茶碗本身的价值体现，才应该把它放到古董店里，对我们来说，最好让它无影无踪。”

菊治最终还是使用了文子信中所说的“无影无踪”这个词。把茶碗从栗本千佳子手里要回来，也是遵照文子的吩咐。

“那只茶碗有茶碗自身的坚韧美丽的生命，所以必须离开我们生存下去。我说的‘我们’里，不包括雪子你……那只茶碗本身具有坚强的美，那样优美雅致的姿态不应该沾染上不健康的虚妄执念，但是，伴随我们的对茶碗的记忆都是龌龊的，我们都用邪恶的眼光来看它。我说的‘我们’，最多不过五六个人。自古以来，有好几百人能够珍惜这只茶碗，得以传承保存下来，这只茶碗烧制出来，大概有四百年了吧，所以，在太田先生、我父亲、栗本手里的时间，从茶碗本身的寿命来说，只是短暂的一时，如同一缕薄云飘过的暗影。应该把这只茶碗交给具有健全品德的人手里。我想，等我们死去以后，这只黑织部茶碗还依然在什么人的手里大放异彩，那该多好。”

“是吗？如果你有这样的想法，不卖掉不是更好吗？我倒无所谓。”

“我倒不是舍不得放手。我对茶碗向来没有贪恋。我只是想通过这只茶碗，洗净我们的污垢。让栗本拥有茶碗，我心里不舒服。例如，她还会像上一次的圆觉寺茶会那样，搞个什么名堂，把茶碗拿出来。人之间丑陋卑劣的因缘关系不应该纠缠在茶碗上。”

“听你这么一说，感觉茶碗比人要纯洁高尚。”

“也许是这样吧，我也不怎么懂茶碗，但是，真正有眼光的人在这几百年里将它传承下来，所以，我也不会把它打碎，还是让它无影无踪吧。”

“作为我们有着共同回忆的茶碗，把它留下来，我觉得很好。”雪子清脆爽利的声音反复强调，“即使现在我们还不是很了解，但有朝一日，可以清晰彻底地认识它，这不是很快乐的事情吗？不要太在乎过去的事情，你要是卖了，以后想起来，不会感觉寂寞失落吗？”

“不会的。这只茶碗离开我们，对我们来说，它就是无影无踪的命运。”

将命运与茶碗联结在一起，说到这里，菊治想起文子，心如刀绞。

他们走了一个半小时左右，回到家里。

在把火盆里的炭火移到被炉里的时候，雪子的双手突然包裹着菊治的手心，好像是告诉菊治自己左右手的不同温度。

“栗本师傅送来的点心，想吃吗？”

“不。”

“是吗？和点心一起，还有浓茶，说是从京都带过来的。”

雪子不像菊治那样，对栗本有心理上的抵触。

菊治将黑织部茶碗包在包袱皮里，然后站起来，打算放在壁柜里，看见那个净水罐也在壁柜里面，心里想着把它和茶碗一起卖掉。

雪子在脸上搽过晚霜，把发夹取下来，准备睡觉。她把头发抖开，一边用梳子梳理，一边说道：“我想把头发剪短，好吗？可是，那样的话，后面的脖子就露出来了，怪不好意思的。”她顺手把脑后的头发撩上去让菊治看。

大概口红不容易擦掉，她把脸靠近镜子，微微张开嘴唇，用纱布轻轻地擦，又仔细瞧了瞧。

在黑暗中，两人互相用身体取暖，菊治深深陷在心灵的纠葛里，难道自己就这样一直不去冒渎神圣的憧憬吗？但是，最纯洁的东西不容任何东西污脏。正因为如此，它可以宽容一切。这样的事情有可能存在吗？他思绪万千，随心所欲地思考如何拯救自我。

三

连续两天，黄昏的天空都轻染一片微薄的淡红色。

菊治在回家的电车里，看着最近新落成的高楼大厦的窗户的灯光都显得发白，像是什么呢？就像日光灯。所有的房间都亮着灯，灯火通明，似乎在表示楼房落成的喜悦。

这座大楼的斜上方，一轮近乎满月的明月挂在屋顶上。

他往家里走的时候，发现天空的淡红色大概被落日那边吸引过去，逐渐下沉，变成绮丽的晚霞。

来到家前面的拐角处，菊治心头略显不安，把手伸进上衣的内口袋，摸了一下，确认支票在里面。

雪子从邻居的家里出来，小跑着进入自家的门，菊治看到她的背影。但是，雪子没有看见菊治。

“雪子，雪子。”

雪子从门内出来：“你回来啦。你刚才看到我了吗？”她脸颊泛红，“妹妹打电话到邻居家里，我去接了电话……”

“哦？”

菊治没有料到，什么时候雪子让邻居代转电话了？

雪子望着天空：“今天傍晚的天空和昨天的一样，比昨天还要晴朗暖和。”

更衣的时候，菊治把支票掏出来，放在茶柜上。

雪子低着头，一边整理菊治脱下来的和服，一边说道：“妹妹电话里说，昨天星期天她本想和父亲一起过来……”

“来我们家？”

“是。”

“来就来呗……”菊治无所谓的样子。

正在用刷子给菊治的裤子刷灰尘的雪子，手停了下来，以一种诘问的口气说道：“你说来就来呗……可是，我前几天给妹妹去信，让他们暂时不要来。”

菊治觉得奇怪，为什么雪子会这样诘问自己呢？他猛然间明白了，他们之间还没有成为真正意义上的夫妻，所以雪子害怕父亲来看她。

但是，雪子立即抬头看着菊治，说道：“父亲想过来。希望你请他来一次。”

菊治像雪子的眼睛那样明亮爽朗地回答道：“不请自来不是更好吗？”

雪子却是很明快地说道：“因为这是自家女儿嫁出去的家啊……不过，好像也未必就是。”

也许菊治比雪子更害怕她的父亲到这里来吧？雪子没说这话之前，他根本就没有意识到。菊治自从结婚以后，还一次都没有邀请雪子的双亲、兄弟姐妹到家里来，可以说他几乎已经忘记了雪子娘家那些亲属的存在。这是因为菊治顾忌自己与雪子异常结合的结果吧，或者说，他们两人根本就没有真正结合，所以雪子之外的事情也就无法考虑。

只是因为菊治对太田夫人和文子的记忆像虚幻的蝴蝶一样总是萦绕在他的脑海里，须臾无法离去，这导致他心灵的羸弱失态。这似乎不是太田夫人的幽灵，而是菊治本身的悔恨的化身。

但是，雪子写信给娘家，劝阻父亲不要来，菊治已经充分领悟到其中暗含的悲哀困惑。栗本千佳子也感到蹊跷，雪子不愿意雇用一个女佣，就这样独自过冬，难道雪子害怕女佣发觉他们夫妻之间的秘密吗？

但尽管如此，在菊治看来，他眼中的雪子平时多是开朗快活的时候，他并不认为这只是为了宽慰菊治而努力表现出来的。

菊治问道：“你写信不让父亲过来，什么时候发出去的？”

“嗯……正月，初七以后吧？我们正月不是一起回老家了吗？”

“那是正月初三吧。”

“过了四五天以后。正月初二那一天，家里来客人，父母亲都忙着接待，所以就妹妹一个人来贺年的吧。”

“对了，她还带话说，希望我们明天去横滨。”菊治也想起来：“不过，你写信希望父亲别来，这事办得不太稳妥。这样吧，你告诉妹妹，让他们下个星期天来吧。”

“好的。父亲一定很高兴。他肯定会带着妹妹一起来的。要是父亲单独来，他也会觉得不好意思吧？我也觉得有妹妹在，就好办了。这感觉真是怪了。”

只要妹妹在场，雪子心情就觉得轻松。雪子的内心想法，肯定是不想让父亲发觉自己与菊治的这种根本不是夫妻的婚姻生活。

雪子好像去烧洗澡水，她走进小浴室，菊治听见试水温的声音。

“吃晚饭前洗吧？”

“嗯，好吧。”

菊治泡在浴盆里，雪子在玻璃门外面问道：“你放在茶柜上的支票，怎么回事？”

“啊，那个，那是卖织部茶碗的钱，要给栗本的。”

“卖这么多钱啊？”

“不，还有家里的那个净水罐的钱。”

“我们家的有多少？”

“大概一半吧。”

“一半也是大钱了。”

“嗯，打算怎么花呢？”

昨天晚上和雪子散步的时候，雪子已经知道了黑织部茶碗的来龙去脉。但是，雪子对志野净水罐的前因后果渊源关系还一无所知。

雪子依然站在浴室的玻璃门外："别花掉，买股票怎么样？"

"股票？"菊治颇感意外。

"这个……"雪子拉开浴室的玻璃门，走进来道，"是这样的，父亲把相当于那四分之一的钱给了我和妹妹，让我们买股票增值。他把这笔钱存在经常到我们家里来的股票商那里，让他代购涨势良好的股票，股价下跌，就不卖，等着涨价，然后抛售出去，再买别家的股票，这样积少成多。"

"噢。"

菊治似乎看到了雪子娘家的家风。

"我和妹妹每天都看报纸上的股票栏。"

"那你现在持有股票吗？"

"有，就是一直放在股票商那里，我自己没见过……不过，跌价不卖，不会亏的。"雪子说得很单纯。

菊治笑眯眯地看着雪子："这么说，也把这笔钱放在雪子的股票商那里啰？"

雪子身上围着白色的围裙，穿着红色毛线袜。

"雪子，你也进来一起暖和暖和，怎么样？"

雪子的美目娇羞腼腆："我还要做饭呢。"

说罢，雪子步履轻快地走了出去。

四

这一周的星期六，已经进入三月。

父亲和妹妹明天要来，晚饭后，雪子独自上街，买了一大堆东西，抱着水果、鲜花回到家里。然后，她又打扫厨房，弄到很晚。最后坐在化妆镜前面，一遍遍地梳理头发。

她自言自语道："今天本想把头发剪短，你不是说剪短也挺好的吗，可是，又一想，父亲来了，看到我的短头发，吓他一跳，也不好……所以就稍微修剪一下，可是这个发型我也不中意。觉得有点儿滑稽。"

躺进被窝以后，雪子似乎还是平静不下来。父亲和妹妹到家里来，就让她这么兴奋，菊治觉得有点儿嫉妒，但反过来想，这也许是平时过于寂寞的缘故吧。

菊治温柔地把雪子抱过来："你的手很凉。"

菊治把她的手放在自己的胸脯上，一只胳膊搂住雪子的脖颈，另一只手从她的袖口伸进去，抚摸她的肩膀。

"你给我说点儿什么吧。"雪子松开接吻的嘴唇，脸略微动了一下，"痒痒。"

菊治轻轻拨开雪子的头发，拢到耳后，说道："你要我给你说点儿什么，你还记得我在伊豆山说的话吗？”

“不记得了。”

但是，菊治无法忘怀。那个时候，在漆黑的夜的底层，他紧闭上颤抖的眼皮，思念着文子，思念着太田夫人，他想通过这种妄想获得通往雪子的纯洁力量，可完全是一种丑恶的挣扎。明天雪子的父亲就要到来，菊治心想今晚能否突破这道界线，但是，只要一想起太田夫人那女性的波涛，就越发能感觉到雪子作为女人所具有的清纯圣洁。

“雪子你也说点儿什么。”

“我没有什么可说的。”

“明天见到父亲，你打算说些什么……”

“父亲嘛，到时候说什么都可以。他只是想来我们家看看，只要看到我们过着幸福的生活，这就行了。”

菊治没有动，雪子把脸贴在他的胸上，但菊治还是没有动。

第二天上午十点，雪子的父亲和妹妹来到家里。雪子兴高采烈，和妹妹两人又说又笑，开心愉快。就在开始吃早午饭的时候，栗本千佳子来了，听见她在玄关对雪子说道：“来客人了。我找菊治少爷说有点儿事，可以吗？”

菊治听见后，走了出来。

“您把那只织部茶碗卖了吗？您从我这里把茶碗要回去，就是为了出售吗？还有，您把卖的钱给我寄来，这究竟是怎么回事？”千佳子这一次是来兴师问罪的，“我本想立即就来找您，但是只有星期天，您才在家，我焦躁不安，晚上来找您也可以吗？可是……”

千佳子从手提袋里拿出菊治给她的信：“这个还给您，里面原封不动地装着那些钱，您数一数。”

菊治说道：“不，这些钱希望你直接收下。”

“为什么我要收下这些钱？您这是分手费吗？”

“开什么玩笑。我现在有什么理由给你分手费呢？”

“那倒也是。即便是分手费，也没必要卖掉茶碗给我。你不觉得这很奇怪吗？”

“那是你的茶碗，卖了自然要给你钱。”

“那是我送给您的。这本来也是您的要求，我心想又可以作为你们结婚贺礼。再说了，这是令尊的遗物……”

“你可以认为你把茶碗卖给我这么些钱。”

“我不能这么认为。我再落魄穷困潦倒，也不能把令尊送给我的东西卖给他儿子，以前我不是拒绝过您吗？您不是把它卖给古董店了吗？那好，如果您说我无论如何必须收下这笔钱，那我再用它从古董店买回来就是了。”

菊治心想，写信的时候，不老老实实地写上“卖给古董店的款项”这几个字就好了。

“哎呀，请进来吧……我的住在横滨的父亲和妹妹都来了，不要紧的。”雪子平静地说道。

“令尊来了？是吗，正好这个机会，让我见见他。”

千佳子顿时肩膀松懈下来，很自然地点了点头。

川端康成年谱

明治三十二年（1899）

6月14日生于大阪市北区此花町一丁目七七番地（以往人们都认为他的生日是6月11日，但据最新发现的资料表明他生于6月14日）。家中长子。父亲荣吉是北条泰时的第三十一代远孙，毕业于东京医科学校的开业医生，创办过医院，曾就任大阪某医院的副院长。此外，他还曾在儒家易堂学习，爱好汉诗、文人画，对文学也颇感兴趣。母亲阿源出生于黑田家。上有一姐，名为芳子（生于1895年）。

明治三十四年（1901） 两岁

1月，其父患肺结核去世，因此迁居母亲娘家——大阪府西成郡丰里村字三番住处。

明治三十五年（1902） 三岁

1月，其母去世。跟随祖父三八郎、祖母阿钟回到原籍大阪府三岛郡丰川村大字宿久庄字东村居住。仅其姐芳子被寄养在大阪府东成郡鯰江村大字蒲生处的伯母秋冈家。

明治三十九年（1906） 七岁

进入丰川村小学就读。9月，祖母阿钟辞世。此后约十年间一直与祖父相依为命。7月，其姐芳子病逝。

明治四十五年（1912） 十三岁

考入大阪府立茨木中学。虽然小学时曾立志成为画家，但进入高年级后专注阅读文学书籍，中学二年级时立志成为小说家。

大正三年（1914） 十五岁

5月，祖父去世后成为孤儿，由母亲娘家丰里村的伯父家收养。1925年撰写的《十六岁的日记》记录的就是祖父病逝前后的事情。1949年发表的《拾骨》于1927年创作，记录的则是其为祖父拾骨灰的事情。

大正四年（1915） 十六岁

1月搬入茨木中学的宿舍，住校直至毕业。这一时期喜爱阅读白桦派，特别是武者小路实笃的著作。

大正五年（1916） 十七岁

升入五年级后，成为宿舍长，后以这段时期与同宿舍少年的经历写成《少年》（1948—1949）。在茨木町的小周刊《京阪新闻》上发表短篇小说和短文。向大阪的石丸梧平主办的杂志《团栾》投稿并刊登《肩扛老师的灵柩》，后创作《仓木先生的葬礼》发表于1927年的*KING*杂志。此外他还向《文章世界》《新潮》《秀才文坛》等杂志投过稿。

大正六年（1917） 十八岁

3月，从茨木中学毕业，立即前往东京。寄宿在浅草藏前的表兄家，读预科学校时常去浅草公园。9月，考入第一高等学校一部乙（英文学科）。与石滨金作、酒井真人、铃木彦次郎、守随宪治等人是同学。结识了《三田文学》杂志的新晋作家南部修太郎。在第一高等学校的三年里，一直在校住宿。喜欢阅读俄国文学以及志贺直哉、芥川龙之介的作品。

大正七年（1918） 十九岁

当年秋天，从10月30日到11月6日，初次去伊豆旅行，遇见巡回艺人，一路伴随。1922年，以当时的经历为素材创作了《汤岛的回忆》，随后又创作了《伊豆的舞女》（1926）。此后约十年间，几乎每年都去伊豆汤岛温泉的汤本馆旅行，曾经一年中有大半时间都居住于此。

大正八年（1919） 二十岁

6月，在《一高校友会杂志》上发表了《千代》。

大正九年（1920） 二十一岁

3月，从第一高等学校毕业。4月，进入东京帝国大学文学系英文学科就读。与同学石滨金作、酒井真人、北村喜八、田中总一郎等人以及今东光等策划并第六次复刊《新思潮》。曾拜访菊池宽，并得到其认可，此后长期受到菊池宽关照。

大正十年（1921） 二十二岁

2月，《新思潮》复刊并发行，发表《一个婚约》。与咖啡馆女招待伊藤初代恋爱、订婚，后又毁婚。4月，从东京帝国大学英文学科转到国文学科；当月在《新思潮》二号刊上发表《招魂祭一景》，受到菊池宽、久米正雄等人的关注。7月，在《新思潮》三号刊上发表了《油》。12月，在《新潮》上发表了《南部氏的风格》（对南部修太郎第二作品集《湖水之上》的批评），首次获得了稿酬。同年，居住在菊池宽家，认识了芥川龙之介、久米正雄、横光利一等，并与他们建立了友谊。移居到浅草小岛町七二坂光子方。

大正十一年（1922） 二十三岁

在《文章俱乐部》一月刊上发表了译作高尔斯华绥的《街道》、丁尼生的《死亡绿洲》、契诃夫的《散戏之后》。2月，受文艺栏编辑佐佐木茂索的关照，在《时事新报》上发表评论《本月的创作界》。发表小说《新晴》。此后，到翌年为止，他多次在杂志上发表文艺月评，这也成为他此后二十年间不断发表文艺述评的契机。3月，在《新思潮》上发表了《一节》。在《新潮》七、八月刊上连载了《里见弴氏的一种倾向》。同年，先后辗转移居于本乡区驹込林町二二佐佐木方、驹込林町永宫方和本乡区千驮木町三八牧濑方等处。

大正十二年（1923） 二十四岁

1月，成为菊池宽创刊的《文艺春秋》编辑同人，在《文艺春秋》创刊号上发表了《林金花的忧郁》（此后收入《浅草红团》中）。2月，与《新思潮》的同人们成为该刊的编辑同人。4月，分别在《文章俱乐部》四月刊上发表了《少男与少女和板车》，在《文艺春秋》四月刊上发表了《精灵祭》，在《文艺春秋》五月刊上发表了《会葬的名人》（后改名为《参加葬礼的名人》）。

7月，在复刊的《新思潮》上发表了《南方的火》。在《文艺春秋》九月刊上发表了《文艺春秋的作家》。9月1日，在本乡区千驮木町经历了关东大地震，所幸无恙。10月，在《时事新报》十月刊上发表了《余烬文艺的作品》。11月，在《文艺春秋》十一月刊上发表了《观火》《向阳》。

大正十三年（1924） 二十五岁

在《新小说》三月刊上发表了《篝火》(《南方的火》的续篇）。3月，从东京帝国大学国文学科毕业，毕业论文《日本小说史小论》；征兵体检不合格；以《关于日本小说史研究》为题，将毕业论文《日本小说史小论》的序发表在《艺术解放》三月刊上，并将《人间随笔·最近的菊池宽氏》中的一篇《纵容年轻人》发表在《新潮》四月刊上。与新晋作家伊藤贵麿、石滨金作、片冈铁兵、横光利一、中河与一、今东光、佐佐木茂索等创刊同人杂志《文艺时代》，以十月刊为创刊号，写了《创刊辞》。发起新感觉派运动。发表《蝗虫与金钟儿》《相片》，创作掌小说集。10月，在《读卖新闻》上发表了《〈文艺时代〉与〈文艺春秋〉》。先后在《文艺春秋》十二月刊上发表了《非常》(《南方的火》的续篇），在《文艺时代》十二月刊上发表了《短篇集》（掌小说《月》《金丝雀》等）。

大正十四年（1925） 二十六岁

先后在《文章俱乐部》一月刊上发表了《我的故事》，在《文艺时代》一月刊上发表了《新晋作家的新倾向解说》。此后又分别在《文艺时代》二月刊上发表了《落日》，在《新潮》二月刊上发表了《落叶与父母》（后期改名为《孤儿的感情》）。在《文艺春秋》三月刊上发表了《汤岛温泉》。这一年他长期居住在汤岛。在《文艺时代》八、九月刊上发表了《诸杂志创作评》。在《妇人公论》六月刊上发表了《燕》。在《文艺春秋》八、九月刊上发表了《十六岁日记》和《续十六岁日记》。在《文艺时代》十一月、十二月刊上陆续发表了《第二短篇集》（掌小说《二十年》《滑岩》等）、《第三短篇集》（掌小说《谢谢》《万岁》等）。这一年曾短暂居住在本乡区林町一九零丰秀馆。发表《新感觉派辩》《母亲》。

大正十五年（1926） 二十七岁

与秀子同居。在《文艺时代》一、二月刊上连载了《伊豆的舞女》。在《文艺春秋》一月刊上发表了《掌小说的流行》。在《文艺春秋》四月刊上发表了《第四短篇集》（《殉情》《近冬》等）。这一年的大部分时间都是在汤岛度过的。此时曾短暂居住在麻布区宫村町大桥方处，不久移居至市谷左内坂。此外，这一时期还与片冈铁兵、岸田国士、横光利一加入了衣笠贞之助的“新感觉派电影联盟”，创作出的剧本《疯狂的一页》，在京都下贺茂被拍摄成了电影，并获得全关西电影联盟颁发的年度优秀电影奖。然而，仅拍摄了这一部电影，新感觉派电影联盟便解散了。6月，金星堂出版了他的短篇集处女作《感情的装饰》，五十多位前辈及好友出席了该作品的出版纪念会。在《文艺时代》八、九月刊上发表了《屋顶的金鱼》《祖母》。当年夏天在逗子租了房子，与石滨金作、片冈铁兵、横光利一等人合住。9月，回到汤岛。

昭和二年（1927） 二十八岁

3月，金星堂出版了短篇集《伊豆的舞女》。同月，文艺春秋社创办了一人一页随笔形式的同人杂志《手帖》，他发表了《从秋到冬》。4月，为了出席横光利一的结婚典礼，他前往东京，随后并未返回汤岛，而是居住在东京府下杉并町马桥二二六号。在《文艺时代》四、五月刊上发表了《梅花的红蕊》《柳绿花红》。在《文艺春秋》五月刊上发表了《第五短篇集》。5月，与池谷信三郎前往关西地区进行旅行演讲。6月，与菊池宽等人前往东北地区进行旅行演讲。11月，租住在热海温泉小泽的别墅中。发表《蔷薇之幽灵》《处女作作祟》《关于掌小说》等。

昭和三年（1928） 二十九岁

在《文艺春秋》一月刊上发表了文坛时评《片冈、横光等人的立场》。在《文艺春秋》五月刊上发表了《死者之书》。5月，受尾崎士郎的邀请，迁居至东京市外大森马込东。发表《贫者的恋人》《三等候车室》等掌小说。

昭和四年（1929） 三十岁

陆续在《文艺春秋》一月刊到十月刊上发表了数篇《文艺时评》。在《文艺春秋》四月刊上发表了《尸体介绍人》。4月，《近代生活》创刊，他成为该杂志的同人并发表了《橘康哉》。在《祖国》八月刊上发表了《尸体的复仇》(《尸体介绍人》的续篇)。8月，作为《新晋杰作小说全集》第十一卷，平凡社出版了《川端康成集》。9月，他从大森移居至下谷区上野樱木町。随后分别在《改造》十月刊上发表了《温泉旅馆》，在《文艺春秋》十月刊上发表了《某种诗风和画风》。10月，加入堀辰雄、深田久弥、永井龙男、吉村铁太郎等人创办的同人杂志《文学》。11月，Casino Folies轻演剧团在浅草成立，结识了该团的文艺成员及舞女们。从12月到翌年2月在《朝日新闻》(晚报)上连载新闻小说《浅草红团》。发表《新人才华》等。

昭和五年（1930） 三十一岁

先后在《文艺春秋》一月刊上发表了《她们与道路》，在《文学》一、二月刊上发表了《作家与作品》。在《文学时代》四月刊上发表了《有花的照片》。4月，作为新兴艺术派丛书之一，新潮社出版了他的作品《我的标本室》。受文化学院文学部长菊池宽的讲课邀请，担任该学部的讲师，每周讲一次课。在改造社出版的《日本地理体系》中发表了一篇《浅草》。先后在《改造》五月刊上发表了《〈鬼熊〉之死与舞女》，在《文学时代》五月刊上发表了《鸡与舞女》。在《文学时代》六月刊上发表了《新兴艺术派的作品》。在《中央公论》七月刊上发表了《风铃王的美国故事》。先后在《改造》九月刊上连载了新闻小说《浅草红团》，在《新潮》九月刊上发表了其续篇《赤带会》。10月，作为新兴艺术派丛书之一，新潮社出版了他的《有花的照片》。12月，先进社出版了《浅草红团》。发表《针、玻璃和雾》等。

昭和六年（1931） 三十二岁

与秀子办理结婚手续。在《改造》一月刊上发表了《水晶幻想》。1月，分别在《周刊朝日》上发表了《浅草日记》，在《新潮》二月刊上发表了《浅草的女人》（《浅草日记》的续篇）。4月，《浅草红团》等被收录在改造社刊现代日本文学全集《新兴艺术派文学集》中。在《改造》七月刊上发表了《镜子》（《水晶幻想》的续篇）。在《新潮》十月刊上发表了《水仙》。在《中央公论》上发表了《文艺时评》。在《新潮》十二月刊上发表了《一九三一年的创作界印象》。这一年，结识了古贺春江。发表

《仲夏的盛装》《伊豆序说》等。

昭和七年（1932） 三十三岁

先后在《新潮》一月刊上发表了《旅行的人》，在《文艺春秋》一月刊上发表了收录在该杂志十周年纪念版《十年回顾》中的《菊池宽的家》。1月，他的作品被收录在春阳堂刊《明治大正文学全集》的《现代作家篇》之中。先后在《中央公论》二月刊上发表了《抒情歌》，在《改造》二月刊上发表了《我的爱犬记》。2月，在《读卖新闻》上发表了《菊池宽氏的〈胜败〉与直木三十五氏的〈青春行状记〉》。4月、5月先后在《文艺春秋》四月刊上发表了《短篇集》，在《文学时代》四月刊上发表了《背影》，在《朝日新闻》上发表了《文艺时评》。在《改造》五月刊上发表了《目睹那些的人们》。在《现代日本》六月刊至十二月刊上连载了《浅草九宫鸟》。在《新潮》八月刊上发表了《消失的女人》。8月，在《读卖新闻》上发表了《文艺时评》。从9月到12月，在《朝日新闻》上连载《化妆与口哨》。在《改造》十月刊上发表了《慰灵歌》。发表《雨伞》《致父母亲的信》等。

昭和八年（1933） 三十四岁

在《改造》一月刊上发表了《我的舞姬记》，在《改造》二月刊上发表了《二十岁》。2月，《伊豆的舞女》由五所平之助导演拍成电影。在《文艺春秋》四月刊上发表了《睡颜》。6月，新潮社出版了《化妆与口哨》。在《改造》七月刊上发表了《禽兽》。在上总兴津度过了夏天。10月，与武田麟太郎、林房雄、小林秀雄等人在文化公论社创办了杂志《文学界》，发表了《信》。在《改造》十一月刊上发表了《凋零》。又先后在《文学界》十二月刊上发表了《泷子》(《凋零》的续篇)，在《文艺》十二月刊上发表了《临终之眼》。友人池谷信三郎去世。发表《学校之花》等。

昭和九年（1934） 三十五岁

先后在《新潮》一月刊上发表了《现身的女人》，在《文艺》一月刊上发表了《若有若无》。1月，文艺恳话会成立，他入会成为会员。将《追忆池谷信三郎》中的一篇以《明朗的遗容》为题发表在《文艺春秋》二月刊上。在《中央公论》三月刊上连载《虹》(此后在《文艺》四月刊上发表《舞女》，在《文艺春秋》六月刊上发表《夏》，在《中央公论》十月刊上发表《四竹》，在《现代日本》上发表《浅草殉情》，结束了《虹》的连载)。4月，作为文艺复兴丛书系列之一，改造社出版了他的短篇集《水晶幻想》。又先后在《改造》五月刊上发表了《随机杀人魔》(《凋零》的续篇)，在《新潮》五月刊上发表了《文学自传》，在《文艺》五月刊上发表了《人间直木三十五》。在《现代日本》八月刊到十二月刊上连载了《水上情死》。此外，在《文艺》九月刊到翌年二月刊上连载了《浅草红团》的续篇《浅草祭》。10月，改造社出版了《川端康成集》第一卷《随笔批评集》。12月，去越后旅行，开始写《雪国》。同月，竹村书房出版了他的作品《抒情歌》。

昭和十年（1935） 三十六岁

《文艺春秋》一月刊上公布了芥川奖、直木奖的评选规定，他担任文艺春秋社创设的芥川奖、直木奖评委。在《文艺春秋》一月刊上发表了《暮景的镜》（此后分别在《改造》一月刊上连载《白昼的镜》，在《日本评论》十一月刊上连载《物语》，在《日本评论》十二月刊上连载《徒劳》，在《中央公论》1936年八月刊上连载《芭茅花》，在《文艺春秋》1936年十一月刊上连载《火枕》，在《改造》1937年五月刊上连载了《毛球歌》。同年6月，将这些汇总整理，并续写了新稿，形成作品《雪国》，由创元社出版。此外，又在《中央公论》1904年十二月刊上连载《雪中火场》，在《晓钟》1946年五月刊上连载《雪国抄》，在《小说新潮》1947年十月刊上连载了《续雪国》，至此完成了作品《雪国》）。在《行动》一月刊上发表了《横光利一氏》。1月，在《福冈日日新闻》《河北新报》《新爱知》《北海时代》上连载了《舞姬的日历》。在《新潮》二、三月刊上发表了《文艺时评》。

5月，野田书房出版了他的作品《禽兽》。在《文艺春秋》六月刊到十二月刊上连续发表《文艺时评》。在《妇人公论》七月刊上发表了《纯粹的声音》。10月，他的作品《浅草的姐妹》被成濑巳喜男导演改编并拍成电影《浅草三姐妹》。在《文艺通信》十一月刊上发表了《关于芥川奖，致太宰治氏》。迁居镰仓，此后一直居住此地。

昭和十一年（1936） 三十七岁

先后在《改造》一月刊上发表了《意大利之歌》，在《文艺春秋》一月刊上发表了《见此之时》。1月，《文艺恳话会》创刊，他成为编辑同人，发表了《紫外线杂言》。在《改造》四、五月刊上发表了《花之圆舞曲》。在《文学界》七月刊上发表其续篇《瘸腿人的舞蹈》。当年夏天，从神津牧场前往轻井泽，并逗留于此。9月，沙罗书房出版了他的作品《纯粹的声音》。在《改造》十月刊上发表了《父母》。在《333》杂志十二月刊上发表了《夕阳下的少女》。12月，改造社出版了他的作品《花之圆舞曲》。在《报知新闻》上连载《少女开眼》，1937年7月完结。当年，受林房雄的邀请，迁居至神奈川县镰仓町明净寺宅间谷。此外，成为新潮奖、池谷信三郎奖的评委。11月，作品社出版了古谷纲武的作品《川端康成》。发表《花之湖》《波斯菊的朋友》《芭茅花》《火枕》等。

昭和十二年（1937） 三十八岁

在《文艺》一月刊上发表了《最后的舞蹈》(《花之圆舞曲》的续篇)。在《妇人公论》六月刊上开始连载《牧歌》，于翌年12月完成。7月，因创元社6月出版的《雪国》，获得文艺恳话会奖。同月，竹村书房出版了他的短篇集《少女心》。7月到11月他一直居住在轻井泽。此外，在文化学院的暑期讲习会上做了题为《文学》的演讲，随后以《话说信浓》为题收录于《文艺》十月刊。12月，创元社出版了他的作品《少女开眼》。同年，移居至镰仓町二阶堂三二五处。发表《少女之港》《夏天的友谊》《高原》。

昭和十三年（1938） 三十九岁

在《中央公论》一月刊上发表了《插花》。先后在《文学界》二、三月刊上发表了给北条民雄的《追悼记序》及《关于北条民雄的遗稿》。4月，改造社开始出版共九卷的《川端康成全集》，于1939年12月全部出版完成。7月到12月，在《东京日日新闻》《大阪每日新闻》上连载《名人引退围棋观战记》，随即改编为《名人》。7月，担任日本文学振兴会理事。在《文艺春秋》十月刊上发表了《百日堂先生》。11月，岩波书店出版了《抒情歌》。在《日本评论》十二月刊上发表了《高原》(此后分期刊载）。改造社出版了《川端康成选集》。发表《我写围棋观战记》《考试的时候》等。

昭和十四年（1939） 四十岁

在《大陆》二月刊上发表了《故人之园》。2月，任菊池宽奖评委。在《日本评论》七月刊上发表了《冈本加乃子的作品》。先后在《改造》十月刊上发表了《初秋高原》，在《现代日本》十月刊上发表了《电影院前》。11月，砂子屋书房出版了"黑白丛书"第二卷《短篇集》。在《公论》十二月刊上发表了《杉之家》（《高原》的续篇）。《少女开眼》拍成电影。发表《哥哥的遗曲》《观战记》，连载《美之旅》等。

昭和十五年（1940） 四十一岁

在《中央公论》一月刊上发表了《正月头三日》。在《妇人公论》一号刊上发表了《母亲的初恋》，此后也经常发表短篇小说。《燕子童女》与《旅人》也是其中之一。发表《雪中火场》等。2月，新潮社出版了其作品《昭和名作选集·花之圆舞曲》。9月，改造社出版了《新日本文学全集》第二卷之《川端康成集》。10月，他参与发起成立了日本文学者会。12月，新声阁出版了《正月头三日》。

昭和十六年（1941） 四十二岁

先后在《文艺春秋》一月刊上发表了《义眼》，在《日本评论》一月刊上发表了《寒风》，在《改造》二月刊上发表了《冬事》(《寒风》的续篇)。受《大连日日新闻》的邀请，从春天到初夏，与吴清源、村松梢风一起前往中国。在哈尔滨与一行人分别后，前往北京。7月，再次受邀前往中国东北地区；12月，回到日本，数日后，太平洋战争爆发。12月，新潮社出版了他的短篇小说集《爱的人们》，汇总了前一年连载在《妇人公论》上的短篇小说。发表《银河》等。

昭和十七年（1942） 四十三岁

在《文学界》三月刊上发表了《满洲的书》。在《改造》四月刊上发表了《赤色的足》(《寒风》的续篇)。5月，作为《三大名作全集》第二卷，河出书房出版了《川端康成集》。7月，甲鸟书林出版了他的作品《高原》。8月，他与岛崎藤村、志贺直哉、里见弴、泷井孝作、武田麟太郎等人一起，成为新创办的季刊志《八云》的同人。在第一集中发表了《名人》。编辑《满洲各民族创作选集》。发表《日本的母亲》《英灵的遗文》等。

昭和十八年（1943） 四十四岁

在《文艺》二、三月刊上连载了《父亲的名字》。在《新潮》

五月刊上发表了《石榴》。从《文艺》六月刊开始到1945年一月刊为止，先后连载了《故园》。在《日本评论》八、十二月刊上发表了《名人》的一部分《夕阳》。

昭和十九年（1944） 四十五岁

4月在《文艺》上发表了《冬之曲》。作为海军报道班成员去鹿儿岛县鹿屋海军航空队特攻基地采访，大约待了一个月。5月，与久米正雄、中山义秀、高见顺等侨居镰仓的作家们在镰仓八幡大街创办了一家名为“镰仓文库”的租书屋。8月，第二次世界大战结束后，受大同制纸之邀，将租书屋改为出版社镰仓文库，开始出版经营。这一年里每天都去日本桥白木屋的办公室办公。11月，在《新潮》上发表了《追悼岛木健作》。

昭和二十年（1945） 四十六岁

作为海军报道班成员去鹿儿岛县鹿屋海军航空队特攻基地采访。8月15日，与夫人、女儿一起在家里收听天皇的“8·15”无条件投降广播。9月，创办镰仓文库，开始出版经营。

昭和二十一年（1946） 四十七岁

1月，镰仓文库创办了杂志《人间》。他在创刊号上发表了文章《女人的手》，全心投入镰仓文库的编辑工作。后迁居至长谷二六四号处，后半生长居于此。2 月，在《世界》上发表《重逢》，在《新潮》上发表了《插曲》。新潮社出版了他的短篇小说集《朝云》。4 月，在《东京新闻》上发表《致武田麟太郎悼辞》。6—7 月，连续在《文艺春秋》上发表了《过去》(《重逢》的续篇)。12 月，在《新潮》上发表了《山茶花》。此外，当年还发表了《感伤之塔》《雪国抄》等。

昭和二十二年（1947） 四十八岁

继续镰仓文库的工作。4 月，在《世界文化》上发表了《花》（节选自《名人》)。10 月，分别在《风雪别册》上发表了《反桥》，在《小说新潮》上发表了《续雪国》。12 月，在《妇人文库》上发表了《梦》。当月，永晃社出版了《女性开眼》修订版。横光利一去世。此外，还发表了《哀愁》，历经十三年的《雪国》定稿。

昭和二十三年（1948） 四十九岁

1 月，在《改造》上发表了《未亡人》。并且从这月开始在《新潮》上断断续续地连载了《再婚者手记》(后改名为《再婚者》)，直至 8 月完结。3 月，菊池宽去世。5 月，在《人间》上断断续续地连载《少年》，于 1952 年修改、完结。新潮社出版了《川端康成全集》(十六卷本)。6 月，代替志贺直哉，担任日本笔会第二任会长（至 1965 年 10 月)。11 月，在《读卖新闻》上发表了《东京审判的老人们》。12 月，创元社出版了《雪国》完结版。此外还发表了《再婚的女人》《拱桥》《离婚家庭的孩子》等。

昭和二十四年（1949） 五十岁

1 月，在《文艺往来》上发表了《阵雨》。4 月，在《个性》上发表了《住吉物语》(后改名为《住吉》)。5 月，在《读物时事别册》上发表了《千只鹤》。(8 月，在《别册文艺春秋》上发表了《森林的夕阳》; 翌年 1 月，在《小说公园》上发表了《绘志野》; 11—12 月在《小说公园》上发表了《母亲的口红》; 1951 年 10 月，在《别册文艺春秋》上发表了《二重星》。这一系列文章最终形成连载作品《千只鹤》)。7 月，任 "横光利一奖"（改造社）评委。9 月，在《改造文艺》上发表了《山音》。[10 月，分别在《群像》上发表了《向日葵》(后改名为《蝉的翅膀》)，在《新潮》上发表了《云焰》; 12 月，在《世界春秋》上发表了《栗子的果实》。翌年 1 月在《世界春秋》上发表了《女人的家》; 4 月，在《改造》上发表了《岛之梦》; 5 月，在《新潮》上发表了《冬樱》。1951 年 10 月，在《文学界》上发表了《清晨之水》。1952 年 3 月，在《群像》上发表了《夜之声》; 6 月，在《别册文艺春秋》上发表了《春钟》; 10 月，在《新潮》上发表了《鸟之家》; 12 月，在《别册文艺春秋》上发表了《受伤之后》。1953 年 1 月，在《新潮》上发表了《都苑》; 4 月，在《改造》上发表了《雨中》；10月分别在《别册文艺春秋》上发表了《蚊子之梦》（后改名为《蚊子的群体）和《蛇卵》。1954年4月，在《OORU读物》上发表了《鸠音》（后改名为《秋鱼》）。这一系列文章最终形成连载作品《山音》。] 10月，在《文艺往来》上发表了《拾骨》。当年秋天，受广岛市之邀，与日本笔会的丰岛与志雄、青野季吉等人一同看望了原子弹爆炸中的受害者们。12月，由细川书店出版《哀愁》。

昭和二十五年（1950） 五十一岁

3月，在《妇人生活》上连载《彩虹几度》，于翌年4月完结。当年春天，与日本笔会的会员一起前往广岛、长崎的原子弹爆炸受害地区慰问。5月，在《人间》上发表了《卵·瀑布》。在《别册文艺春秋》上发表了《地狱》，7月，在《文艺》上发表了《蛇》。8月，中央公论社出版了《浅草物语》。12月，开始在《朝日新闻》上连载《舞姬》，于翌年3月完结。在《别册文艺春秋》上发表了《来自北方的海》。此外，这一年镰仓文库倒闭。此外，还连载了《天授之子》《虹》《花未眠》《竹叶舟》等。

昭和二十六年（1951） 五十二岁

1月，在《新潮》上发表了《项圈》，在《中央公论》上发表了《路易》。5月，在《别册文艺春秋》上发表了《玉响》。7

月，朝日新闻社出版了《舞姬》，随后拍成电影。8 月，在《新潮》上发表了修改后《名人》。10 月，前往冈山县吉野村，出席片冈铁兵胸像的揭幕仪式。

昭和二十七年（1952） 五十三岁

1 月，开始在《妇人公论》上连载《日兮月兮》，于翌年 5 月完结。2 月，筑摩书房出版了《千只鹤》（该书还收录了已发表的作品《山音》），因此获得了 1951 年度艺术院奖。随后还改编成了歌舞伎等。在《新潮》上连载随笔《月下之门》，11 月完结。当年秋天，前往关西地区旅行演讲，随即又前往大分县旅行。11 月，在《文艺》上发表了《明月》。12 月，在《OORU 读物》上发表了《富士的初雪》。这一年《浅草红团》拍成电影。还发表了《翼的抒情歌》《新文章论》等。

昭和二十八年（1953） 五十四岁

1 月，在《妇人画报》上连载《河边小镇的故事》，12 月完结。当月，吉村公三郎导演将《千只鹤》拍成了电影。3 月，角川书店出版了昭和文学全集之《川端康成集》。4 月，在《小说新潮》上连载《千只鹤》的续篇《波千鸟》，于 12 月完结。6 月，岛耕二导演将《浅草物语》拍成电影。当年夏天，前往九州旅行演讲，途中还去了九重高原。随即于第二次世界大战后首次旅居轻井泽。11 月，在《文艺春秋》上发表了《水月》。当选为艺术院会员。还发表了《吴清源谈棋》等。

昭和二十九年（1954） 五十五岁

1 月，开始在《新潮》上连载《湖》，于 12 月完结。在《文艺》上发表了《小春日》。继成濑巳喜男导演将《山音》拍成电影后，3 月，野村芳太郎导演也将《伊豆的舞女》拍成电影。5 月，《山音》完结后出版，因此获当年第七届野间文学奖。陆续在《北海道新闻》《中部日本新闻》《西日本新闻》上连载《东京人》，连载五百零五次，于翌年 10 月完结。8 月，在《知性》上发表了《离合》。当年，创作的舞台剧本《船上的妓女》经西川鲤三郎编导，在全国各地上演。《母亲的初恋》拍成电影。1948 年起开始出版的《川端康成全集》十六卷出齐。

昭和三十年（1955） 五十六岁

1 月，陆续在《文艺》上连载《某人的有生之年》，于 1957 年 1 月完结。衣笠贞之助导演将《河边小镇的故事》拍成电影（大映）。当月，新潮社出版了《东京人》（四卷本）。4 月，在《新潮》上发表了《故乡》，并且新潮社出版了他的作品《湖》。5 月，在《文艺春秋》上发表了《梦中创作的小说》。6 月，在《文艺》上发表了《悲伤的代价》等。7 月，在《群像》上发表了《车中的女人》；角川书店出版了他的短篇集《玉响》。11月，筑摩书房出版了现代日本文学全集《川端康成集》。此外，《故乡之音》改编成舞蹈剧。还连载了《青春追忆》，发表了《彩虹几度》等。

昭和三十一年（1956） 五十七岁

1月，在《小说新潮》上发表了《那国这国》。新潮社出版了《川端康成选集》（十卷本）。2月，岛耕二导演将《彩虹几度》拍成电影。3月，在《朝日新闻》上连载《生为女人》，连载二百五十次，于11月完结。4月，在《小说新潮》上发表了《那国这国》的续篇《邻人》。9月在《文学界》上发表了《某日》。10月，新潮社出版了《生为女人（一）》。当年，塞登斯蒂克翻译的《雪国》在美国出版，八代幸代翻译的《千只鹤》在德国出版。《东京人》拍成电影。

昭和三十二年（1957） 五十八岁

1月，新潮社出版了《生为女人（二）》。3月，为了出席国际笔会执行委员会，与松冈洋子一起前往欧洲，见到了莫里亚克、艾略特，于5月返回日本。9月，作为会长四处奔走筹备并主持召开第二十九届国际笔会东京大会。《雪国》拍成电影。发表《风中之路》《东西方文化的桥梁》等。

昭和三十三年（1958） 五十九岁

1月，在《新潮》上发表了《弓浦市》，在《文艺春秋》上发表了《街道树》。2月，出任国际笔会副会长。3月，因其筹备国际笔会召开所做出的贡献，获得第六届菊池宽奖。6月，前往冲绳考察。当年，因患胆囊炎进东大医院住院，于翌年4月出院。《生为女人》拍成电影。

昭和三十四年（1959） 六十岁

5月，在法兰克福第三十届国际笔会大会上获歌德奖。7月，在《中央公论》上发表了《来自远方的大诗人》。9月，在《新潮》上连载《旧日记》，于12月完结。11月，新潮社出版《川端康成全集》（十二卷本），于1962年8月出版完成。《风中之路》拍成电影。

昭和三十五年（1960） 六十一岁

1月，开始在《新潮》上断断续续地连载《睡美人》，于翌年11月完结。冬春之际，经常前往京都、奈良。获法国政府授予的艺术文化军官级勋章。5月，受美国国务院之邀，前往美国。7月，出席了在巴西里约热内卢、圣保罗召开的国际笔会大会，于8月返回日本。8月，在《朝日新闻》上发表了《日本文学介绍——致未来之国巴西》。当年秋天，于东大冲中内科（第三内科）住院，年底出院。《伊豆的舞女》第三次拍成电影。

昭和三十六年（1961） 六十二岁

1月，在《妇人公论》上连载《美丽与哀愁》，于1963年10月完结。在《风景》上连载《岸惠子的婚礼》，于9月完结。10月，在《朝日新闻》上连载《古都》，于翌年1月完结。11月，获第二十一届文化勋章。新潮社出版了《睡美人》，因此次年获得每日出版文化奖。

昭和三十七年（1962） 六十三岁

6月，新潮社出版了《古都》。8月，在《每日新闻》上发表了《自慢十话》。10月，在《风景》上连载《落花流水》，于1964年12月完结。参加了呼吁世界七人委员会。11月陆续在《朝日新闻》PR版上发表了《秋雨》《信》《邻人》《树上》《骑马服》等掌小说。出现安眠药成瘾症状，进东大医院住院，连续十天昏迷不醒。《古都》改编成话剧。

昭和三十八年（1963） 六十四岁

2月，在《文艺春秋》上发表了《人之中》。4月，财团法人日本近代文学博物馆创建，担任监事及近代文学博物馆委员长，随后出任募捐委员长。8月，在《新潮》上断断续续地连载

《一只胳膊》，于翌年1月完结。《文艺》八月刊编辑了“川端康成特集”。《古都》拍成电影，《伊豆的舞女》第四次拍成电影。发表《喜鹊》等掌小说。

昭和三十九年（1964） 六十五岁

1月，修改了《某人的有生之年》，并发表在《文艺》杂志上。6月，在《新潮》上开始断断续续地连载《蒲公英》，1968年10月，在第二十二次连载后停笔。6月，出席在挪威奥斯陆召开的国际笔会大会。随后周游欧洲各地，于8月返回日本。发表《雪》《久违的人》等掌小说。

昭和四十年（1965） 六十六岁

2月，中央公论社汇总并出版了《美丽与哀愁》。筱田正浩导演将其拍成了电影。4月开始约一年里，NHK电视台一直在播放改编成电视连续剧的《玉响》。10月，辞去自1948年以来已担任十八年的日本笔会会长的职务。出席伊豆汤岛温泉建立的《伊豆的舞女》文学碑揭幕仪式。

昭和四十一年（1966） 六十七岁

1月至3月，因患肝炎住院。在4月18日的笔会大会上，为感谢他作为会长多年所做出的贡献，赠予他高田博厚制作的胸像。5月，新潮社出版了《落花流水》。8月，集英社出版了日本文学全集《川端康成集（一）》。《千只鹤》在丹麦翻译出版。《湖》拍成电影。

昭和四十二年（1967） 六十八岁

5月至1969年1月，在《风景》上连载《一草一花》。6月，集英社出版了日本文学全集《川端康成集（二）》。8月，成为日本世博会的政府出展恳谈会委员。11月至翌年11月，再次在《新潮》上连载《蒲公英》，但未完结。12月，大和书房出版了他的短篇小说、随笔集《月下之门》。《伊豆的舞女》第五次拍成电影。担任日本近代文学馆名誉顾问。

昭和四十三年（1968） 六十九岁

在6—7月参议院选举期间，担任朋友今东光的选举事务长，发表了支持演讲。10月，确定获得诺贝尔文学奖，成为第一个获诺贝尔文学奖的日本人。12月10日在斯德哥尔摩领奖，并在瑞典科学院发表讲演《我在美丽的日本——序说》。当月，被授予茨木名誉市民称号。《睡美人》拍成电影。

昭和四十四年（1969） 七十岁

1月6日，结束诺贝尔奖的领奖之旅，返回日本。在《新潮》上发表了《夕日野》。3 月至 6 月，在夏威夷大学讲授日本文学，作《美的存在与发现》特别讲演，被赠予夏威夷大学名誉文学博士称号。当选为美国艺术文艺学会的名誉会员。3 月，新潮社出版了《川端康成全集》(十四卷本)。讲谈社出版了《我在美丽的日本——序说》。4 月 27 日至 5 月 11 日，川端康成展在东京新宿的伊势丹举办，随后又陆续在大阪、福冈、名古屋展出。5 月 3 日在《每日新闻》上发表了《美的存在与发现》。9 月 11 日，为了出席在旧金山举行的“移民百年纪念旧金山日本周”前往美国，并做了《日本文学之美》特别讲演，24 日返回日本。被授予镰仓市名誉市民称号。《日兮月兮》拍成电影。

昭和四十五年（1970） 七十一岁

分别在 1 月和 3 月的《新潮》上发表了《伊藤整》和《鸢飞舞的西边天空》。5 月至 7 月，在《风景》上发表《一草一花》。6 月，受邀出席在台北举行的亚洲作家大会，随后顺便又出席了在首尔举行第三十七届国际笔会大会。11 月 25 日，三岛由纪夫自杀，任治丧委员会委员长。12 月，在《海》上发表了《竹声桃花》。此外还设立“川端文学研究会”。发表《长发》等。

昭和四十六年（1971） 七十二岁

分别在 1 月和 3 月的《新潮》上发表了《三岛由纪夫》和

《书》。在4月12日的东京都知事选举中支持候选人秦野章。11月，在《新潮》（第八百号纪念刊）上发表了《隅田川》。12月，任日本近代文学馆名誉馆长。当月至翌年3月，在《新潮》上连载《志贺直哉》，未完结。

昭和四十七年（1972） 七十三岁

2月，在《文艺春秋》创刊五十周年纪念刊上发表了《如梦如幻》。患盲肠炎做手术，出院后静养期间，于4月16日夜被发现在神奈川县逗子市小坪5–419–2的逗子玛丽娜公寓工作间内含煤气管自杀。推测死亡时间在当晚6点左右。没有留下任何遗书。5月27日，由日本笔会、日本文艺家协会、日本近代文学馆举行“三团体葬”。

图书在版编目（CIP）数据
千只鹤 /（日）川端康成著；郑民钦译. -- 北京：现代出版社，2023.3
ISBN 978-7-5231-0123-0

Ⅰ. ①千… Ⅱ. ①川… ②郑… Ⅲ. ①中篇小说－小说集－日本－现代②短篇小说－小说集－日本－现代
Ⅳ. ①I313.45

中国国家版本馆CIP数据核字（2023）第018446号

千只鹤

作　　者：［日］川端康成
译　　者：郑民钦
责任编辑：朱文婷　王　羽
出版发行：现代出版社
通信地址：北京市安定门外安华里504号
邮政编码：100011
电　　话：010-64267325　64245264（传真）
网　　址：www.1980xd.com
印　　刷：固安兰星球彩色印刷有限公司

字　　数：164千字
开　　本：880mm×1230mm　1/32
印　　张：9.25
版　　次：2023年4月第1版
印　　次：2023年4月第1次印刷
书　　号：ISBN 978-7-5231-0123-0
定　　价：52.80元

川端康成・千只鶴

かわばたやすなり　せんばづる